RUE DES RIGOLES

GÉRARD MORDILLAT

Rue des Rigoles

CALMANN-LÉVY

Pour Lili Franck.

« Souviens-toi de ton futur ! »
(*Injonction talmudique.*)

Le jour où ma mère est morte, j'ai pleuré comme une madeleine. J'ai pleuré à l'hôpital en refusant que l'infirmière lève le drap qui la recouvrait de la tête aux pieds. J'ai pleuré devant ce petit mont de coton blanc sous lequel je devinais son corps rétréci par la mort, redevenu presque un corps d'enfant. J'ai pleuré en signant la décharge pour reprendre ses vêtements, sa montre, son sac... J'ai pleuré en choisissant la robe et les chaussures qu'elle porterait dans son cercueil. J'ai pleuré parce que ce n'est pas à un fils de choisir les vêtements de sa mère, même pour la conduire à sa dernière demeure. J'ai pleuré pied au plancher, emportant mon chagrin et mon frère à cent quarante à l'heure. J'ai pleuré dans l'escalier en remontant chez moi, en revoyant, marche après marche, la chambre mortuaire éclairée d'une simple barre de néon cru, l'infirmière au garde-à-vous au pied du lit, le suaire posé sur le cadavre de ma mère, cette page inemployée pourtant déjà froissée. J'ai pleuré devant mes filles, devant ma femme, même devant la chatte qui se demandait ce qui me prenait de pleurer comme ça. J'ai pleuré en pensant que ma mère avait vécu à New York, à Chicago, dans le Montana, le Maine, l'Ohio, qu'elle avait traversé l'Amérique d'ouest en est, fait trois fois l'aller et retour transatlantique entre le vieux et le nouveau continent, et venait de mourir à Bligny, près d'Arpajon, un bled dont le nom ne m'évoquait que le haricot et la pomme de terre.

Mon père était mort dans le XVe arrondissement, un arrondissement où je ne mets jamais les pieds. Mourrais-je, moi aussi, en terre étrangère ? Moi qui, d'ordinaire, ne pleure qu'en dedans, j'ai pleuré comme on ne pleure qu'une fois dans sa vie quand on pleure.

Et Pater a déboulé :

– C'est arrivé quand ?

– Ce matin. Ils m'ont appelé à cinq heures...

– Elle était...

– Ils ne me l'ont pas dit. Juste de venir d'urgence...

– Ah, les enfoirés !

– Quand je suis arrivé, une infirmière m'attendait. Je lui ai demandé : « Comment va-t-elle ? » Elle m'a répondu : « Ben, elle est morte », comme si ça allait de soi.

La veille de son décès, alors qu'une paralysie, déjà, la privait de la parole et de l'usage d'un bras, plusieurs fois ma mère avait fait un geste en direction d'une photo encadrée en face de son lit : un paysage de montagne avec lac, forêt et cimes enneigées, qui pouvait tout aussi bien évoquer les environs d'Annecy que les grands espaces canadiens. Je revenais tout juste de Vancouver, en Colombie britannique, la ville où ma mère était née...

C'est une jolie ville pour voir le jour, Vancouver. Mer et montagne accouplées l'une à l'autre, un pébroque comme totem et, en automne, cet incendie de feuilles qui allume tous les arbres. Par son geste, ma mère voulait-elle me dire que la boucle était bouclée ? Qu'elle pouvait partir maintenant que j'y étais allé ? Peut-être. Comment savoir ce que Vancouver signifiait pour elle ? Elle n'y avait jamais vécu. À six mois à peine, elle avait entamé sa tournée américaine par Seattle, à la suite du cirque Barnum & Bailey dans l'orchestre duquel mon grand-père jouait du cornet à pistons. Jamais ma mère n'était revenue à Vancouver. Ce n'était qu'un nom pour elle, un cercle noir sur une carte de géographie. Je ne savais que penser de cette direction qu'elle avait semblé vouloir m'indiquer.

Vantrou, à son tour, a débarqué. Il s'était rasé avec une biscotte. Nous nous sommes quand même embrassés. J'ai recommencé mon histoire, pour essayer de tromper mes larmes. Vancouver, les flics à vélo, le sirop d'érable, les pancakes, le bourbon et, dans l'aquarium municipal, des bélugas :

– Des sortes de gros boudins blancs affectueux, au regard doux, au sourire triste, qui tournent en rond dans de l'eau bleue...

Pater a fait remarquer qu'il aurait mieux valu les faire tourner dans du vin blanc :

– Avec de la choucroute à la place des algues...

Ça nous a mis en appétit.

Il restait un fond de pâté. Nous nous sommes fait des tartines avec une nouvelle série de cafés. Pour ce qui est de manger, à Vancouver, le resto japonais règne en maître :

– C'est le paradis du sushi.

– C'est bon ?

– C’est froid.

Pater a dit :

– Ce paradis n’est pas pour moi.

Pour moi non plus. Je préfère les flammes de l’enfer et ses plats mijotés, les sauces à la diable, la viande cuite au poisson cru. Comme me l’avait enseigné un ethnologue, « La civilisation, c’est la cuisine chaude et les femmes grasses. »

Vantrou connaissait ma mère depuis presque aussi longtemps que moi. Pater la considérait comme sa tante et elle l’aimait comme un fils. Nous étions trois orphelins cernés par le dimanche matin.

Nous avons fini le pâté.

– Je vous ressers quelque chose ?

– Non merci.

Pater et Vantrou n’ont pas agité les banalités consolatrices ni évoqué le monde meilleur ou je ne sais quelle charlatanerie religieuse du petit commerce des trépassés. Ils se sont tus. C’était ce qu’il y avait de mieux à faire. L’avenir des morts, c’est au choix la terre et les vers, ou partir en fumée *via* le four crématoire du Père-Lachaise. Ma mère, très frileuse, avait toujours souhaité être incinérée. Comme mon père qui, en guise d’urnes mortuaires, m’a légué deux grands vases chinois :

– Un pour ta mère, un pour moi...

Il imaginait que j’y dépose leurs cendres et que, de temps en temps, je les secoue, pour leur adresser le bonjour dans l’au-delà. Les vases sont toujours sur ma cheminée. Et même si mes parents n’y sont pas, c’est un peu comme s’ils étaient là...

Personnellement, quand je ne serai plus qu'un corps à débarrasser, une vieillerie, je me fous qu'on me brûle, qu'on m'enterre ou qu'on me donne à becqueter aux vautours neurasthéniques du Jardin des plantes. Que ceux qui se chargeront du boulot fassent ce qui leur plaira. Au plus commode, au plus rapide, au plus économique. J'en aurai rien à cirer. Les morts n'ont pas de chaussures et ne souffrent plus. Pas même des pieds.

Mais nous n'en étions pas encore là.

Je devais me charger du corps de ma mère. Ce corps sans vie d'où j'étais sorti comme le loup du bois...

Cette idée, à nouveau, fit jaillir les grandes eaux. Belote, rebelote et dix de der. J'ai pleuré parce que j'allais devoir remplir trente-six mille formulaires. J'ai pleuré parce que le téléphone n'allait pas s'arrêter de sonner. J'ai pleuré parce que j'allais devoir dire « ma mère est morte », des mots que je ne voulais pas prononcer. J'ai pleuré parce qu'elle me manquait déjà même si, plus d'une fois, j'avais eu envie de lui serrer le kiki.

J'ai pleuré pour ci, j'ai pleuré pour ça...

Je ne me savais pas capable d'autant pleurer. Mon père m'avait tellement répété qu'un homme « ça ne pleure pas » que, même petit, ça ne m'arrivait pas. Pas même au cinéma. Pourtant, rien ne m'émeut plus que les larmes des autres. Les larmes sans destination de ces hommes ou ces femmes qui, parfois, sanglotent dans le métro ou à la terrasse d'un café sans que quiconque puisse deviner l'objet de leur tristesse, ni tendre la main à leur malheur.

J'ai pleuré jusqu'à plus soif.

Quand je n'avais plus que la goutte au nez, Pater m'a tendu un Kleenex :

– Alors, qu'est-ce que tu comptes faire ?

– Pour l'enterrement ?

– Oui.

J'ai répondu dans un hoquet :

– Je ne sais pas. J'irai lundi, place Gambetta...

– Ah non ! s'exclama-t-il alors, t'es con. Tu ferais mieux d'aller rue des Rigoles, il y a des Pompes beaucoup moins chères !

Ce n'était pas la première fois que, d'une rigolade inattendue, Pater m'arrachait aux eaux noires de la mélancolie.

La louche emmaillotée

Je suis né le divin enfant, sonnez hautbois, résonnez musettes !, deux cent trente-six ans après Diderot, vingt-trois ans après Stig Dagerman, un Suédois qui écrivit : « Deux choses me remplissent d'horreur, le bourreau qui est en moi, la hache au-dessus de moi. » Mon frère avait ouvert la voie treize ans plus tôt. Je passai par où il était passé. Pour une fois que je faisais quelque chose comme quelqu'un – faute de faire comme tout le monde –, qu'on ne me le reproche pas !

C'est peu dire qu'on ne m'attendait plus ; on ne m'attendait pas. Je suis entré par effraction dans le sein de ma mère, en hors-la-loi, en bandit de grand chemin. Et, trouvant bons le gîte et le couvert, j'ai vécu dans sa clandestinité ventrière le temps de me faire une santé. Mais, comme dit la chanson : « au bout de neuf mois écoulés, il fallait bien que quelqu'un sorte ». Je choisis de faire mon apparition publique sous les herses d'octobre.

Une première.

Faisait-il beau ? Faisait-il froid ? Le soleil était-il à son plus haut ? La lune à son plus bas ? Je n'en sais rien et personne n'est plus là pour s'en souvenir. Ma naissance n'a pas plus laissé de trace dans l'histoire que celle de Jésus. Pas de gros titres dans les journaux, pas de déclarations solennelles à la radio, rien. Pas même un faire-part expédié à la famille. Le Mordillat nouveau, le surgeon issu de la souche de Jojo Père, le Messie du XXe arrondissement, est passé totalement inaperçu des historiens contemporains. En cherchant bien, les exégètes auraient quand même pu dénicher dans *La Vie du rail* ou dans *La Vie ouvrière* un verset prophétisant ma venue ! Mais non, rien. Pas un mot, pas un signe. Personne pour lancer ma légende. Pas une étoile dans le ciel, pas d'eau changée en vin, de faucille en marteau, pas d'or, de myrrhe ni d'encens. Et en guise de rois mages, le démarcheur de la Samaritaine vendant ses « bons de la Semeuse », l'employé du gaz et de l'électricité présentant sa quittance et le concierge montant le courrier.

D'après ma mère, pressé de m'en sortir, en état de siège, je suis né par les pieds. D'après ma femme, caressant les bosses de mon front, c'est plutôt au forceps que je suis venu au monde. Pour elle, j'ai été arraché à la préhistoire. Je suis un homme antédiluvien, un hominidé des profondeurs, un sauvage entre le chien à la queue lupée et le singe à poils frisés. Qu'importe, le cul d'abord ou la tête aux fers, cela révèle mon caractère. Si je suis venu au monde les pieds devant, j'espère en partir la tête la première.

Histoire de toujours me distinguer.

À peine là, j'étais déjà professionnel. Je vivais vingt-quatre heures sur vingt-quatre, respectant scrupuleusement les horaires syndicaux de la vie. Pas question de faire des heures sup ; pas question non plus de tirer au flanc ou de piquer un macadam. C'est-à-dire de se faire porter pâle, comme disait mon père. Même quand je piquais un roupillon, je me portais plutôt rouge, et quand j'avais faim, je piquais des colères noires. Rouge et noir, vieille tradition familiale.

Impossible d'y déroger.

À quoi je ressemblais ?

Dur à dire. Pour me photographier, c'était toute une histoire : je ne sais pas sourire. Le sourire m'a toujours été refusé. J'ai une tête de chien, comme Rimbaud. Même le spécialiste des portraits d'enfants installé devant les Buttes Chaumont s'y était cassé l'objectif. Après avoir épuisé tous ses tours, hochet, bonbons, grimaces, fais risette à papa négro !, il avait fini par me menacer :

– Souris ou je te mets une claque !

Ce salaud n'avait réussi qu'à me faire crier.

Après, impossible de me calmer. Il avait fallu renoncer au portrait officiel qui, dans les familles comme les miennes, s'expose d'ordinaire sur le buffet ou au-dessus de la télé. Du coup, je n'ai de moi bébé que des clichés amateurs, flous, tremblés, bougés. La forme improbable qui s'agite dans les bras de maman, tata, tonton, frérot, c'est moi, paraît-il...

Un vrai désastre d'identité.

Pourquoi vouloir faire sourire les enfants à tout bout de champ ?

Sinon pour exhiber leurs gencives édentées ou les ferrures chromées qui ornent leurs mâchoires et font la fortune des dentistes. Inutile de souligner que l'obligation de sourire donne un air idiot à une majorité de jeunes innocents qui n'ont vraiment pas besoin de ça pour paraître ce qu'ils sont.

J'ai sur mon frigo la photo de manifestants irlandais

militant pour le « NO SMILING DAY », mouvement international dont je suis désormais le représentant français. Les animaux ne disent jamais « cheese » ni « rikikisexe » ni « patatipatata ». Ils ne sourient jamais. Sont-ils pour autant moins beaux, moins doux, moins gracieux que les humains qui se fendent monstrueusement la pêche ?

Ma mère appelait mon frère son « petit ange », je devins naturellement son « petit chou ». D'après le dictionnaire : « du latin *caulis*, cruciféracée à plusieurs variétés sauvages ou cultivées comme potagères ». Ma première institutrice, à l'école maternelle, l'imita sans hésiter. Pressentant mon caractère à la fois sauvage et cultivé, elle me donna d'emblée un chou à colorier et à coller au-dessus du crochet où je devais pendre mon manteau. Naturellement chou frisé, chou rouge de famille, j'en conclus que je devais être chou, voire chouchou, et que travailler du chou serait mon destin.

Je ne dis pas : fréquenter le gratin...

Mon père me surnommait « la louche emmaillotée ». Qu'aurait-il été de moi si cette appellation avait prévalu ?

Parfois je me le demande.

Mais pas longtemps.

Si je n'étais pas né, le monde se ferait sans moi. Peut-être le regretterais-je ? Peut-être pas ? Rien ne dit que ce qui n'est pas regrette. En tout cas, ça ne se sait pas. J'attendrai d'être. Comme on attend au cinéma : chacun son tour pour un frisson d'éternité. À la queue comme tout le monde et ne poussez pas !

Miss Mortimer et Jojo-Père

Les parents – c'est la loi –, chacun en a. Les miens n'étaient ni mieux ni pires que ceux des autres quidams à qui il en échoit. Mon père était né à Paris, un peu avant 14, ma mère en 1909, à l'autre bout du monde. Jamais ils n'auraient dû se rencontrer. Pourtant, comme les parallèles du cours élémentaire qui ne se rejoignent qu'à l'infini, ils se sont trouvés le même jour à la même heure sur une plage du Tréport, en Picardie...

Géométrie de l'amour et du hasard.

Que se sont-ils dit ? Qu'ont-ils fait ? Jouaient-ils au ballon ou pratiquaient-ils la natation ? Je n'en ai pas la moindre idée. Peut-être se doraient-ils simplement la pilule sur la plage de galets ? Ma mère racontait volontiers que c'était mon oncle Maurice, en premier, qui l'avait draguée. Mon père était plus réservé : beau gosse, un corps d'athlète (je l'envie !), les yeux verts, il n'avait pas le bagout de son frère. J'imagine assez bien la scène, l'oncle, élégant, disert, charmeur, avançant ses trois mots d'anglais :

– Do you speak french ? Yes ! Magnifique, formidable, fantastique et en plus vous êtes américaine. J'adore l'Amérique... C'est quoi votre petit nom ?

– Madeleine...

– C'est très joli, Madeleine. C'est comme vous,

c'est à croquer. Ça vous fait rire ? Tant mieux. Quand vous riez, on voit le paradis dans vos yeux... Vous ne vous embêtez pas, ici, toute seule ?

– Je suis avec ma sœur.

– Avec votre sœur ? Ça tombe bien, je suis avec mon frère ! Et, justement, on ne savait pas quoi faire...

Finalement, ils ont su.

Quelques mois plus tard, ma mère a épousé mon père. Après un premier enfant, une fille, morte à la naissance, elle eut mon frère, en 36, pendant les grèves, et, jamais deux sans trois, mézigue à la moitié du siècle.

Je ne suis pas français. Du côté de maman, l'atlas est nécessaire. Américains sur le papier, ils étaient wallons, hollandais mâtinés de vaudois, canadiens et, pourquoi pas, peut-être un peu d'Indiens ? Sa sœur aînée, Suzanne, était née à Anderlecht, son frère Robert à Saint-Denis dans la Seine et le plus jeune, Armand, dit Buster, à Syracuse, New York... Leurs parents étaient des Belges de Tilleur, près de Liège. Il me semble que je viens de tous ces coins-là et même de beaucoup plus loin. Mais, si je ne suis pas français du côté de ma mère, du côté de papa, je suis parisien. Comme Rimbaud, déjà, l'écrivait à un ami : « Tout ceci est français, c'est-à-dire haïssable. Français, pas parisien. » Au fond, je ne suis d'aucun pays, sauf de celui qui s'écrit. Si je pouvais revoir ma nationalité, en objectivité complète : Mandingue, me ferais. J'irais de la Gambie au Sénégal, de la vallée du Niger à Tombouctou, accordant la couleur de ma peau à la seule couleur de mes mots.

Il était déjà passé pas mal d'eau sous les ponts quand je fis la connaissance de mes parents. J'ai pris l'histoire au vol. À peine le temps de faire les présentations : mon père serrurier à la SNCF, ma mère professeur d'anglais à l'école Berlitz, boulevard des Italiens, à Paris, dans le Ier arrondissement. Même s'il existe sur la ligne nº 8 et sur la nº 12 une station « Madeleine », ma mère n'y descendait jamais. Berlitz, c'était sur la ligne nº 3, à la station « Quatre Septembre ». Le souvenir de la proclamation de la IIIe République à la fin du second Empire lui convenait mieux d'ailleurs que celui de la pécheresse repentie. Comme son nom de femme mariée, pas plus que son nom de jeune fille, ne sonnait assez anglo-saxon pour la maison, l'inspecteur Watson (ça ne s'invente pas !) la rebaptisa « Miss Mortimer ». Et c'est vrai que, pour moi, ma mère a toujours été plus Miss Mortimer que Mme Mordillat...

Je ne suis pas doué pour les langues étrangères. Je parle français, argot, trois mots d'italien et assez d'anglais pour ne pas me perdre dans London, Manchester ou Dublin. Mais pour le reste : zéro. Ce n'est pas la faute à Voltaire, ni la faute à Rousseau, c'est la faute à ma mère. Je ne lui en veux pas mais, l'anglais, elle ne le parlait pas, elle l'enseignait. C'était tuant de l'entendre expliquer à chaque fois que *little spoon* veut dire « petite cuillère » et *go and get your pyjamas*, « va chercher ton pyjama ». Elle reprenait tout le monde, enfants, adultes, les sujets de Sa Gracieuse Majesté comme les touristes américains ou les membres du Commonwealth. Rien que des élèves inattentifs qui ignoreraient toujours le vocabulaire, la grammaire, le prétérit, les verbes irréguliers and so on...

C'était dur de parler avec ma mère.

Hors les adeptes de la méthode Berlitz, personne ne trouvait grâce à ses yeux. Pas même mon ami Andrew, qui est irlandais comme Brendan Behan, Yeats, Joyce, Beckett, John Mac Gahern et tant d'autres, qui se défendent pourtant à spiquer l'ingliche. Mieux même que les rosbifs. Il n'y avait que Duneton qui lui en imposait. Claude avait trouvé la combine. Il attaquait la conversation d'une voix de basse, roulait le R, faisant sonner les *remember* et les *beware* à la manière du grand Will.

Saisie, Miss Mortimer répondait en français.

Mon père, c'était Jojo Père, bien que personne, à part ma mère, n'ait jamais appelé mon frère Jojo Fils. Étant plus fort que la moyenne, il avait failli être fort des halles. Il avait même failli entrer dans la compagnie républicaine de sécurité, les CRS. Le sergent recruteur qui lui avait proposé la bonne planque ne l'avait pas bien regardé. Une réponse directe lui pocha l'œil et lui ouvrit l'esprit. S'il avait souhaité se faire pocher l'autre, il aurait pu lui suggérer de se faire curé...

Forte tête – et peut-être même fort en gueule –, mon père avait quitté l'école à l'âge de douze ans. Orphelin de guerre, pupille de la nation, ce n'était pas une situation. Les frères de sa mère, Félo, Maurice, Henri et Marcel, le prirent sous leur aile, dans la charpente en fer. Les amoureux des Buttes Chaumont comme les animaux de Vincennes, sans savoir, doivent à papa et à ses oncles de gravir les escaliers du Belvédère ou d'escalader le rocher de leur zoo. Chaque fois que je vais saluer François le rhinocéros ou encourager Guignol à rosser le gendarme, j'ai l'impression d'être un peu chez moi.

Après la guerre, revenu de captivité, il était entré au chemin de fer. J'étais fier d'avoir un père cheminot. Il y a du chemin, de la cheminée, du chemineau et du minot dans ce mot-là. Il roule, il brûle, il ouvre des horizons aux enfants des rêves enfuis...

Tous les matins, papa embauchait vers cinq heures.

Je me levais en même temps que lui. Ça m'arrive encore de me lever à cette heure-là, même s'il n'y a que la chatte pour me tenir compagnie. J'ai toujours eu le sommeil agité. Plusieurs peuvent en témoigner (je parle du sommeil, je ne me vante pas). Je tourne, je vire, je tressaute, mes nuits débordent d'horreurs à tête humaine, les poissons de mes hauts fonds. Je ne tiens pas au lit. Surtout si mes pieds dépassent. S'ils s'agitent sans appui, sans protection, livrés aux glaces des espaces infinis. Je me vois amputé de mes membres trop grands, divaguant sur la terre dans une caisse à savon propulsée par des fers à repasser. Mais là encore, je dépasse. Mes roues dépassent !

La nuit, le monde est trop petit pour moi.

Chez mes parents, je dormais dans le couloir en face de la cuisine. J'étais aux premières loges pour voir mon père préparer le caoua. Il devait se dépêcher (pour ne pas dire qu'il devait se magner le train). Il se rasait devant la petite glace accrochée à la poignée de la fenêtre, rangeait sa gamelle dans un cartable d'écolier, avalait son crème encore brûlant et filait attraper le premier métro. Arrivé gare Saint-Lazare, il sautait dans l'omnibus qui le conduisait à Levallois où il travaillait, dans les ateliers de mécanique. Il n'avait pas le temps de bavarder :

– D'ailleurs, disait-il, il n'y a que les concierges qui bavardent.

La pêche à la chaussette

Ma mère aurait aimé friser, mais elle ne frisait pas. Elle frisait à plat. Friser n'est pas donné à tout le monde. Il ne suffit pas, comme le prétendait Pierre Dac, que les parents mangent de la chicorée pour que les enfants frisent.

Il leur faut autre chose.

Un esprit tordu, peut-être ?

Ma mère misait sur la technique pour obtenir ce que la nature lui refusait. Je la voyais s'échiner dans la cuisine, avec ses deux fers au feu, guettant le moment idéal pour se tordre et retordre les mèches, jurant *« God damn it ! »* chaque fois qu'elle se brûlait. Les boucles tenaient ce que tiennent les boucles forgées au fer, l'espace d'une descente de la rue des Pyrénées jusqu'au métro. Rarement plus loin. Surtout s'il pleuvait ou s'il ventait. Moins en tout cas que celles issues d'une pratique intensive des bigoudis. Le grand jeu. Ainsi ma mère m'apparaissait parfois la tête hérissée de cylindres piquants semblables à un transformateur électrique pour ligne à haute tension. Le bigoudi était douloureux, ses pointes attaquaient le cuir chevelu tandis que ses ressorts tiraient les cheveux. Mais, selon l'éternel adage qu'il faut souffrir pour être belle, ma mère souffrait de bigoudite aiguë, sans plainte ni murmure.

Quand les plénipotentiaires du salon de coiffure lui assuraient qu'il n'y avait plus d'autre issue que la capitulation. Que la guerre des frisettes était définitivement perdue. Elle s'entêtait. Rien ne la décourageait, ni les rougeurs, ni les douleurs. Elle se lançait dans l'indéfrisable, la permanente à la sauce chimique dont le résultat se révélait tout aussi décevant que les pratiques plus rudimentaires.

Au moins, ma mère aura eu la consolation d'avoir un fils frisé. Piètre consolation, je le concède.

Mais tout de même...

Très tôt, j'ai perdu l'usage du peigne. Malgré plusieurs tentatives de rééducation, il ne m'est jamais revenu. Friser, chez moi, est une seconde nature. Même si je ne suis pas le « Beau Frisé », titre glorieux réservé à l'amant de ma grand-mère, pas question de me faire la raie au milieu ou la raie de côté, je frise en toute liberté. S'il pleut, mes cheveux pris d'une sorte de folie s'envolent en une féerie de bouclettes, un feu d'artifice d'anglaises et d'accroche-cœurs, un frisotti-frisotta digne d'une aria de Verdi...

Et si quelque chose me défrise, je n'ai pas besoin de mots pour le dire.

Ma mère avait gardé ses habitudes forgées sous l'Occupation. Elle s'habillait à prix modique de robes soldées qu'elle rallongeait ou raccourcissait de méchants ourlets. Elle finissait les habits de sa sœur, faisait retourner ses manteaux pour leur donner une seconde vie et revendiquait sa dignité pour toute élégance. Sa seule fantaisie aurait été les chapeaux. Sur les photos d'elle, jeune fille, elle en arbore un différent chaque fois. Mais ce n'était plus l'Amérique. Pour aller travailler, elle se contentait d'un bibi en laine qu'elle agrémentait d'une épingle dorée.

Miss Mortimer se maquillait d'un trait de rouge à lèvres et se parfumait, derrière l'oreille, de quelques gouttes de Canoë, une eau de toilette sucrée que mon père lui offrait pour la fête des mères. Au printemps, pour donner l'illusion qu'elle portait des bas quand elle n'en portait pas, elle se passait les jambes au Tan O Tan, un produit magique qui vous bronzait à l'éponge en une seule application. Ma mère ne prenait jamais le temps de se dessiner la couture, au crayon à sourcils, d'un trait sur le mollet.

Elle vivait dans l'urgence.

Ce qu'elle devait faire, elle devait le faire vite. Vite se laver, vite faire les courses, vite préparer à manger, vite s'habiller, vite corriger des exercices, vite partir à Berlitz.

Vite vite vite...

Un démon la poursuivait, la piquait de sa fourche dès qu'elle faisait mine de ralentir, de s'arrêter. Et, si elle lui échappait, il la rattrapait au métro. Pour la punir, il lui faisait faire demi-tour, remonter encore plus vite au sixième, vérifier qu'elle avait bien fermé le gaz et éteint l'électricité.

Son démon aujourd'hui me poursuit comme il la poursuivait.

Ma vie urge.

Il fallut du temps à ma mère pour admettre que si, en été, le frigo servait à conserver au frais les aliments, il n'était pas nécessaire de le transformer en placard à chaussures dès que la bise était venue. L'invention de la machine à laver n'est jamais arrivée jusqu'à elle non plus. Je l'ai toujours vue frotter le linge sur la pierre à évier. Les bleus, les chemises, les pantalons, mais aussi ses dessous, qu'elle martyrisait à la brosse à chiendent comme s'ils devaient souffrir ce qu'elle souffrait en lavant le linge. L'oncle Félo la charriait, lui chantant « Madeleine la blanchisseuse » sur un air qu'il avait inventé...

Ma mère détestait faire la lessive. Pourtant, elle se refusait à donner nos affaires à laver au lavoir de la rue des Pyrénées, sauf les draps. Et encore, pas toujours. Quand ça lui prenait, elle les faisait bouillir dans une énorme lessiveuse qui plongeait la maison dans un nuage de buée. Tout cela, pas même par économie. C'était une maladie, chez elle, une folie.

Le linge sale qu'on lave en famille m'a gâché plus d'un dimanche.

Ce lessivage n'avait qu'un avantage : tachées, roulées, salies tout au long de la semaine, la veste et la cotte de mon père étaient à nouveau comme neuves le lundi matin. Marx y voyait une métaphore de la condition ouvrière...

Élevé sous le drapeau rouge, j'ai toujours vu mon père en bleu. Même quand il jouait au billard. C'était son élégance à lui. Il serrait son froc avec une ceinture en cuir qu'il avait tressée au retour de captivité. J'en ai hérité. Il portait la veste boutonnée sur des chemises à carreaux. Des chemises de cow-boy, d'après lui. Même si c'est plus dur à assumer, j'en ai aussi hérité. Je m'habille comme mon père. Évidemment, cela ne se remarque pas du premier coup d'œil. Mes vestes, mes pantalons, mes chemises semblent en coton, en velours, en laine, mais c'est un leurre. Ce sont des bleus de chauffe. Tissés, bâtis, cousus de l'esprit du bleu. À la fois souples et fermes, larges à l'entrecuisse, solidement épaulés et généreusement dotés de poches profondes où mes mains s'enfouissent avec bonheur. Je ne suis à l'aise que dans ces vêtements-là, les vêtements de la classe ouvrière.

Sinon, je me sens déguisé.

Mon père aimait taquiner le goujon, sortir des perches, faire frétiller les ablettes. C'était un adepte de la pêche au coup. Son équipement était à la hauteur de ses ambitions : plusieurs gaules, dont une télescopique, des moulinets, une boîte pleine d'hameçons, une autre pour les plombs et les fils, une collection impressionnante de plumes et de bouchons. Il avait aussi de la documentation, des ouvrages techniques, des revues illustrées, des brochures spécialisées sur le matériel ; d'autres sur les poissons, leurs caractéristiques, leurs habitudes, voire leur psychologie.

Sinon en photo, je n'ai jamais vu mon père pêcher en rivière, et je serais bien incapable de dire s'il attrapait du bois mort ou des brochets. En revanche, je l'ai vu pêcher à domicile, au sixième étage de la rue des Pyrénées.

Le boucher de cheval qui tenait boutique en façade réquisitionnait la cour de l'immeuble pour y stocker ses déchets. C'est dire que personne ne s'y risquait de peur de se retrouver en tête-à-tête avec le fantôme d'un canasson venu réclamer des comptes à son assassin. Or, d'un geste maladroit, ma mère avait laissé choir une chaussette quasi neuve sur le toit grillagé qui protégeait l'endroit. Les chances de la récupérer paraissaient presque nulles.

Mais Jojo Père avait de la ressource et de l'imagination :

– Te casse pas la nénette, Madeleine, je vais la ravoir, ta chaussette...

À vrai dire, ma mère risquait assez peu de se la casser. Pour se casser la nénette, il aurait fallu au moins qu'elle sache ce que c'était. Je suis certain qu'elle l'ignorait. Tout comme moi, d'ailleurs. Ce que je sais, c'est que chacun d'entre nous porte en lui une nénette qui, en cas de malheur, risque de se briser à tout jamais...

Il aurait été trop injuste que ma mère casse la sienne pour une chaussette perdue.

Mon père sortit sa canne télescopique, fixa un hameçon à trois branches et moulina doucement jusqu'en bas. Pas besoin d'amorcer. D'ailleurs, avec quoi amorcer une chaussette ? Avec du pied ?

Au terme d'un combat comparable à celui du vieil homme et de l'espadon dans le livre d'Hemingway, mon père ramena une prise superbe sous les applaudissements du public. Ferrer une chaussette n'est pas donné à tous les pêcheurs, même les plus réputés. Seul accroc à ce triomphe : la chaussette avait un trou que ma mère allait devoir repriser.

Les trous dans les chaussettes étaient un problème récurrent dans notre famille.

Je ne sais pas comment nous nous y prenions mais mon père, mon frère et moi faisions tous des trous dans nos chaussettes. Et le soir, ma mère les reprisait, râlant qu'elle en avait marre, marre et plus que marre de repriser !

– Vous n'avez qu'à avoir une bonne ! Je suis professeur d'anglais, pas couturière !

Elle se vengeait en prenant le premier fil qui lui tombait sous la main. Et tant pis s'il était bleu et la chaussette bordeaux. Si nous n'étions pas contents, c'était la même chose. Elle n'avait pas que ça à faire. D'ailleurs ça ne se voyait pas que c'était reprisé. Et, de toute façon, pour recommencer le lendemain, ça allait bien comme ça !

– God damn it !

Elle avait raison de râler. Ce n'était pas humain de s'arracher les yeux de reprisure en reprisure. De raccommoder des chaussettes à trous qu'il aurait mieux valu jeter. Peut-être est-ce à cause de cette image de ma mère ravaudant que je n'aime pas les chaussettes. Je n'en porte que par nécessité. Lorsque le temps se fait si rigoureux que, sans elles, je risquerais d'attraper la mort. Toutes les mères – et la mienne en premier – vous le diront : la mort s'attrape par les pieds.

Surtout quand on a des trous à ses chaussettes...

La tarte aux cerises

Quand on me demandait :

– Qu'est-ce que t'aimes mieux : ton père ou ta mère ?

Par provocation, je répondais, comme je l'avais entendu à la radio :

– J'aime mieux le lard !

En réalité, je n'en mangeais jamais. J'ai été élevé au lait Nestlé et à la blédine Jacquemaire. Ça paraissait plus sain que le sein de ma mère. La guerre était finie, l'avenir radieux, il fallait être de son temps. Le biberon faisait plus moderne que la tétée.

Ceci expliquant cela, je suis devenu un enfant difficile.

Je ne mangeais pas de tout. Ma mère devait se décarcasser pour ne me servir que ce que j'aimais. Seulement des produits frais, jamais de conserves, et que de la qualité, même quand l'argent manquait. Sans être derrière mes joues, je dois reconnaître que j'ai toujours été bien nourri. Mes parents se sont saignés aux quatre veines pour se faire pardonner de m'avoir fait sucer du caoutchouc.

Ma mère faisait aussi grand cas de l'hygiène alimentaire. Elle lavait les légumes avec la même énergie qu'elle mettait à frotter le linge à la brosse à chiendent.

Elle les rinçait, frottait, frottait encore pommes de terre, carottes, poireaux, choux-fleurs, endives, navets. Elle les épluchait à cœur pour ne me réserver que le meilleur.

Chaque matin, avant de préparer mon petit déjeuner, elle se savonnait soigneusement les mains. Les tartines beurrées ont toujours eu pour moi un délicieux arrière-goût de savon de Marseille...

Mon père, fin cuisinier, faisait comme personne le rosbif frites (pommes allumettes ou tabliers de bonnes sœurs), l'épaule d'agneau flageolets, le poulet rôti purée, le lapin revenu à la cocotte, le bourguignon pommes boulangères, le petit salé aux lentilles et la soupe à l'oignon. Ma mère faisait ce qu'elle pouvait. Avec, en hiver, une prédilection pour les lentilles à trier, les haricots secs qui font péter et surtout la purée de pois cassés à laquelle elle conférait des vertus énergétiques.

Ce n'était ni bon ni mauvais, c'était lourd...

Comme elle rentrait tard de ses cours à Berlitz, plus d'une fois, nous avons profité de son absence pour faire transiter directement sa purée dans le trou des cabinets, sans la laisser passer par mon assiette ni celle de mon père...

Nous étions sympas : à dix heures du soir, quand ma mère arrivait, il en restait toujours assez pour elle...

Mais :

– Je n'ai pas faim, disait-elle. Vous la finirez demain...

Nous étions vert pois cassé, papa et moi.

J'ai partagé si peu d'intimité avec ma mère...

En semaine, elle travaillait tard, et souvent le samedi après-midi. Le dimanche, elle s'abîmait dans d'absurdes tâches ménagères et de non moins absurdes corrections d'exercices pour gagner quelques francs de plus. Elle et moi, nous nous croisions, comme les ouvriers qui font les trois huit dans la même usine, dans des équipes différentes. Nous ne faisions jamais rien ensemble, sauf à l'occasion de la retransmission nocturne des championnats de patinage artistique, que nous regardions côte à côte. Comme un couple de danseurs patinant de concert.

Mon père allait se coucher, bougonnant que c'était un sport de gonzesses :

– Vous feriez mieux d'aller dormir...

Mais pour rien au monde nous n'aurions manqué de voir Alain Calmat se ramasser sur la glace ou se faire arranger par les juges soviétiques. Soutenant notre champion, dans ses hauts comme dans ses bas, nous poussions des « oh ! » lorsqu'il réussissait un salto et des « ah... » quand il tombait sur un triple axel... Et malheureusement, plus d'une fois, il chuta au moment de l'emporter, laissant Léon Zitrone prononcer son éloge funèbre en direct.

Le poste éteint, avec ma mère, nous restions assis l'un en face de l'autre dans le silence de la défaite.

Parfois, elle me reprochait de ne rien dire :

– Tu ne dis rien ?

– Qu'est-ce que tu voudrais que je dise ?

– T'es triste ?

– Non. Et toi ?

Pourquoi aurais-je été triste ? Cette défaite que nous

partagions en silence était une victoire pour nous. Nous avions gagné quelque chose qui n'appartenait à personne d'autre. Une douleur que nous étions seuls à connaître. À habiter en secret.

Les mots n'étaient pas nécessaires...

Ma mère avait rêvé que ses fils soient des champions, comme Calmat, finalement, en 65, mais ni mon frère ni moi n'avons jamais chaussé les patins, hormis les patins à roulettes.

Les enfants trahissent toujours les rêves de leurs parents.

Ma mère mangeait peu. Elle prétendait se surveiller. Elle voulait, disait-elle, garder la ligne haricot. Mais ce n'était pas vrai : depuis la guerre, l'appétit lui manquait. Il ne lui restait que de surprenantes gourmandises. Elle raffolait des polonaises, ces gâteaux meringués aux fruits confits, et des petits pots de Gervita.

Et, sur le tard, du saumon, fumé ou non.

Mon père, lui, se régalait de harengs pommes à l'huile, de fromage de tête et de baguette viennoise. Dans les derniers jours de sa vie, il ne voulait plus manger que ça. De mon côté, je me délectais de Mistral gagnant, de boules de coco, de roudoudous, de guimauve, de bombecs à un franc, achetés chez Marie la Folle. Mais ce que j'aimais plus que tout – plus que le jus au fond des Choco-Mousse, plus que la tête de nègre ou la religieuse au café –, c'étaient les tartes aux cerises. J'y avais droit le midi au moins une fois par semaine. La tarte aux cerises est un dessert qu'on peut manger au moins de deux façons. C'est un dessert doublement bon. On peut tout simplement croquer le gâteau et l'avaler en quatre ou cinq bouchées : première façon... Mais on peut aussi manger d'abord les cerises puis lécher la crème pâtissière et enfin déguster le biscuit : seconde façon...

Comme l'a si profondément exprimé Héraclite : « Selon l'une ou l'autre, la tarte n'aura pas le même goût. »

Laquelle de ces deux façons préférais-je, la seconde, la première ? Né sous le signe de la Balance, aujourd'hui encore je m'interroge. Impossible de trancher. Trancher la tarte aux cerises est une manière de boucher mais on peut la découper, la diviser, l'émietter... On peut aussi la racler à la petite cuillère, la picorer à la fourchette, s'y vautrer le museau, faire autant de morceaux que de cerises... Serait-ce encore meilleur ? Je ne sais pas, je cale, je n'arrive pas à me prononcer. Mais est-ce bien raisonnable de tenter d'établir un palmarès, une hiérarchie ? Le plaisir de la tarte aux cerises n'est-il pas justement de multiplier les plaisirs ?

Mon paternel m'avait prévenu qu'à l'armée, je ne pourrais pas faire de manières. Pas question de réclamer de la salade sans vinaigrette, du gigot rose à l'os, du steak bleu...

– Si c'est pas de la soupe, c'est du rata, mais tu devras manger ce qu'on te donnera.

Il se trompait – ou alors les temps avaient changé.

À Toulon, dans la Marine, j'étais choyé. Détenteur exclusif de la clef magique qui ouvrait la porte de la réserve à bières, je tenais le bar du foyer. Une place forte, un temple, un lieu sacré. Les cuistots étaient aux petits soins pour moi. Grâce à eux, je découvris la soupe au pistou, la pissaladière, les supions à l'ail, les délices de l'huile d'olive et ceux des piments forts, les herbes de Provence, la bouillabaisse et l'aïoli...

Désormais, je mange de tout mais je ne bois jamais de vin : je n'aime pas ça. Cette innocente particularité gustative me vaut, depuis mon plus jeune âge, une suspicion immédiate : hein ? quoi ? comment ? pas de vin ! Abomination, scandale, crime contre l'esprit, la culture, la terre, la France ! Et, argument définitif : Hitler lui-même ne buvait-il pas que de l'eau ? Sans doute est-il plus facile d'avouer aujourd'hui son homosexualité, ses parents collabos, son tonton incestueux qu'avouer préférer la limonade au pays des pinardiers.

Il n'y a qu'une chose que je ne mange pas et que je ne mangerai jamais : de la cervelle. Je ne mange pas non plus de cervelet, ni de cerveau, ni même de cervelas qui est, comme chacun sait, un mélange criminel de cervelle de porc et de viande roulée en saucisse. Les tripes et les boyaux, c'est limite. Le vendredi, au restaurant, j'accepte de manger de l'andouillette. L'andouillette est la quenelle de ceux qui n'aiment pas le poisson.

Mais la cervelle, non, ça ne passe pas.

A-t-on déjà vu un forgeron manger son enclume ?

C'est un principe, une tradition ouvrière : on ne mange pas l'outil de travail.

Quatre saisons

Une famille, c'est d'abord un foyer. La nôtre en comptait trois : le feu continu de la salle à manger, la salamandre Godin dans la chambre de mes parents et l'énorme poêle en fonte de la cuisine. Un noir monument pétri de somnolence, qui, soudain pris de colère, rougeoyait tout entier. Tous les automnes, le bougnat nous livrait une tonne d'anthracite « Stalino » que, seau à seau, de septembre à avril, je hissais de la cave jusqu'au sixième étage. Tisonner le fourneau n'avait pas de secret pour moi, ni secouer la grille, ni activer le branleur pour broyer le mâchefer et le faire tomber dans le cendrier. Bien entendu, je devais ensuite descendre à la poubelle les cendres du coke que j'avais si péniblement monté.

À ce régime, je me demande pourquoi je ne suis pas devenu plus costaud...

Non content de monter le charbon, je devais aussi monter les courses et la boisson. Je faisais l'abeille de commerçant en commerçant du haut en bas de la rue des Pyrénées. C'était toujours une occasion de gratter quelques pièces de monnaie pour mes petits plaisirs... Je n'avais pas besoin de faire une liste pour me souvenir qu'il fallait rapporter une liche de pâté dans la pointe, deux centimètres de rillettes du Mans, du bricheton, du fromtogom ou trois betteraves. Celles qui ne s'achètent pas au cours des halles mais chez Nicolas, le marchand de vin...

J'aimais surtout les marchandes de quatre-saisons.

La fleuriste devant chez nous qui, toute en beauté, pomponnée, maquillée, sexy en un mot, avec ses boucles blondes et du monde au balcon, offrait ses pivoines, ses œillets, ses anémones, son mimosa :

– Tu connais le langage des fleurs, mon chéri ?

– J'aimerais bien...

– Jonquille : *désir*, jacinthe : *danger*, rose blanche : *patience...*

Et, la bouche en cœur :

– Rose rouge : *passion...* Tu t'en souviendras, mon chéri ?

– Oui, madame.

– « Madame » ! Mais, mon chéri, il ne faut pas m'appeler « madame ». Mon petit nom, c'est Josy. Tu peux dire : « Oui, Josy. » D'accord, mon chéri ?

– D'accord, madame.

Peut-être n'étais-je pas le seul qu'elle appelait « mon chéri » ? En tout cas, j'y avais droit à chaque fois que j'entrais ou que je sortais de chez moi :

– Quand on n'a pas de tête, faut avoir des jambes, mon chéri !

Ou :

– Viens me faire la bise, mon chéri, j'aime bien que tu m'embrasses quand il fait froid. T'es chaud comme un petit pain...

À côté d'elle, le Capitaine Crochet – un invalide de guerre – donnait dans la banane, rien que dans la banane. Fallait voir le manchot attraper ses régimes d'une main de fer et les séparer d'un geste pour vous servir. Il avait dû être très beau, maintenant, il faisait un peu peur avec son croc argenté qui tenait à son bras par un entrelacs compliqué de lanières en cuir.

Plus bas, en face de la bijouterie, une camarade d'école de mon père – ils avaient le même âge – vendait du persil, du thym, du laurier et toutes les herbes qu'elle cultivait sur quelques mètres carrés dans l'Oise. Frisottée, haute comme trois pommes, toujours sanglée dans un tablier bleu trop grand pour elle, la malheureuse était affligée d'un terrible défaut de prononciation. Elle n'avait pas de palais, ou il était si déformé que lorsqu'elle me demandait de choisir entre le persil plat et le frisé, j'entendais :

– ... é... e... u... eu ?... u... at ou... u... isé ?

Le plus beau, c'est que tout le monde la comprenait.

– Du frisé.

– ... é... ou ?

– Non. Papa veut aussi du thym et du laurier...

– ... é... oilà... e... ouquet... e... a... ariée !

– Je vous dois combien ?

– ... inq... ans... Et... onne... e... on... our à... on... ère !

Je payais le bouquet de la mariée, promettant de donner le bonjour à mon père.

Sa voisine, la Marthe, reine du légume, vivait auréolée d'avoir été à l'origine d'un incident célèbre dans le quartier. Par un beau jour de printemps, elle s'était transportée jusqu'à la boutique du marchand de couleurs, de l'autre côté de la rue des Pyrénées :

– Je voudrais un pot de peinture...

– De la peinture comment ?

– Pour repeindre ma charrette.

– Quelle couleur ?

– Verte.

Revenue à pied d'œuvre, prête à passer à l'action, le pinceau à la main, la Marthe constata que le pot qu'elle venait d'acheter ne contenait qu'une croûte durcie, un pigment fossilisé, impossible à étaler. Ne faisant ni une ni deux, elle avait alors retraversé la rue pour l'échanger.

Mais le marchand de couleurs, sale caractère, casquette en peau de fesse et ramasse-miettes pour compenser, l'avait vertement envoyée promener :

– Qu'est-ce que vous voulez que j'y fasse ? Si vous la trouvez trop dure, vous n'avez qu'à mettre du white-spirit pour la diluer !

Un vrai mur.

La Marthe était repartie avec son pot de Ripolin desséché et ses yeux pour pleurer. Son fils, scieur sur métaux, s'était alors chargé d'une nouvelle ambassade. À son tour, il s'était présenté au bazar. Le marchand de couleurs demeura inflexible. Même motif, même punition :

– Vous ne savez pas lire ?

C'était écrit en lettres rouges sur une affichette plastifiée : les pots ouverts ne sont ni repris ni échangés.

– C'est clair, non ?

– C'est clair, oui.

Le fils de la Marthe, soupirant, avait rendu les armes en rendant le pot.

Il avait dit :

– Vous n'avez qu'à le jeter. Je vous le laisse, je ne peux rien en faire...

Confiant, le patron du bazar avait pris à deux mains ce

qu'on lui tendait. Tragique erreur immédiatement sanctionnée d'un direct en pleine poire qui lui fit traverser tout son bazar en marche arrière jusqu'à s'affaler dans sa collection de balais en paille de riz. Le fils de la Marthe aurait pu se contenter de casser la gueule au marchand de couleurs, de ravager son magasin. Mais non. Il avait, avant tout, voulu jouir de l'instant magique où l'autre ahuri comprenait ce qui lui arrivait. Un poing dans le pif comme une bonne blague qui fait mouche.

Les habitants du XXe ont toujours eu le sens de la mise en scène. Pour tout dire, le sens du comique.

Un septième sens digne du septième art...

Mon père n'était pas en reste.

Un samedi matin, ma mère remonta des courses un kilo de tomates dont quatre sur six étaient pourries. Renonçant provisoirement aux mots croisés de *L'Huma*, mon paternel, qui n'avait pas les pieds plats, remit ses chaussures, serra sa ceinture et enfila sa veste en cuir :

– Donne-les-moi, dit-il, je vais les rapporter...

Je lui filai le train pour être sûr de ne rien rater.

Arrivé au marché, mon père prit la queue comme si de rien n'était. Quand, à son tour, le maraîcher lui demanda :

– Qu'est-ce que je vous sers ?

Il ne répondit pas.

Adepte du langage des signes, sans un regard pour le commerçant, il sortit les tomates une à une, les alignant devant lui comme les balles en tissu du « chamboule-tout » à la foire du Trône. Mon père n'avait pas fini d'aligner les tomates pourries que six gros beaux fruits bien mûrs lui arrivaient dans les mains.

Sans même avoir été pesés.

Une autre fois, il lança au travers d'un magasin de confection une chemise que ma mère avait déjà échangée et contre laquelle elle en avait reçu une de bien moindre qualité :

– Bande de faisans !

À peine le temps d'avancer jusqu'à la caisse, son avoir était prêt, signé et tamponné.

Dans les cafés, surtout, il était terrible.

Si la commande tardait à venir, une fois, deux fois, trois fois papa la réclamait... Et, quand enfin elle arrivait, il envoyait promener le garçon, lui laissant les boissons sur les bras :

– Tu peux te les foutre au cul, j'ai plus soif ! disait-il en m'entraînant vers la sortie.

Mon père n'aimait pas que les loufiats le fassent poireauter.

Je n'aime pas ça non plus.

Dans la rue des Pyrénées, hormis les marchandes de quatre-saisons, nul ne se mettait en quatre pour vendre pain, poissons, fruits et légumes, tripailles et boucherie. Ces commerces commerçaient là depuis l'enfance de mon frère, celle de mon père, de mon grand-père et peut-être même avant. C'était des boutiques révolutionnaires accueillantes aux sans-culottes qui peuplaient le quartier. Aux misérables de 48, aux Communards de la Semaine sanglante, aux anarcho-syndicalistes pour qui les lendemains devaient chanter.

J'appris ainsi, sur le tas, la différence entre conscience politique et économie de marché.

À l'angle de la rue Orfila (aliéniste), il y avait la boulangerie Marx et, un peu plus bas, la crémerie

Lacan. N'en tenant pas pour les ratichons, je fus baptisé sous ces deux espèces sans avoir besoin d'aller communier. Aujourd'hui, c'est terminé. Il n'y a plus de marchandes de quatre-saisons dans la rue des Pyrénées. Les vieux vous diront qu'il n'y a plus de saisons non plus. Il n'y a plus que des marchands. Lacan a changé de crémerie, son gendre a repris le fonds de commerce. La boulangerie Marx n'existe plus. Pendant un temps, il n'en restait plus qu'une façade éventrée, des gravats protégés d'un maigre rempart de bois où, dérisoire, battait une pancarte aux lettres rouges : « Chantier interdit au public ».

Jamais je n'aurais cru voir ça.

Marx, c'était une institution.

Là, on pouvait à l'envi acheter de la baguette moulée ou non, un bâtard, un parisien, une flûte, un épi – une fantaisie pour ceux qui aimaient le croûton... Question de régime et d'alimentation. Le dimanche, on s'offrait du moka au chocolat, des mille-feuilles, les fameuses polonaises dont ma mère raffolait. S'il fallait, le boulanger cuisait le gigot de communion des rejetons de ses clients, les pommes au four, les gâteaux d'anniversaire.

C'est à Marx que je dois ce soupçon d'embonpoint qui me fait autour des hanches une bouée émouvante.

Combien sommes-nous encore à porter ce gilet de sauvetage ?

Peu, sans doute – une poignée. Bientôt nous nous compterons, tels les Mohicans, jusqu'au dernier.

Pelouse interdite

Le dimanche, quand j'étais môme, mon père m'emmenait aux Buttes Chaumont. Nous allions applaudir Guignol, manger des gaufres au sucre, enfiler les anneaux sur le manège de chevaux de bois qui tournait au rythme d'un accordéon, jeter du pain aux canards et aux cygnes, traverser le lac dans la barque plate qui faisait la navette entre les deux rives ou marcher sur le Pont des suicidés qui vibrait sous nos pieds.

Ma mère préférait le square Tenon.

Pendant qu'elle tricotait ou qu'elle papotait avec les autres mères, je moulais des pâtés de sable humide, j'alignais ma collection de rois, de reines et de révolutionnaires offerts par le café Mokarex, je faisais rouler ma Ferrari Dinky Toys, ma Talbo-Lago bleue, ma Maserati... Je jouais à cache-cache, à la balle au prisonnier ou à la corde à sauter. Mais ces distractions bon enfant me paraissaient cul-cul gnangnan, je préférais de loin courir sur la pelouse ; la traverser en diagonale, zigzaguer au milieu, partir à droite, à gauche et brusquement changer de côté, faire des galipettes et des roulés-boulés.

Pourtant, avant même de savoir lire, je savais que les signes mystérieux peints sur la pancarte plantée en son milieu signifiaient : PELOUSE INTERDITE.

Interdiction capitale qui donnait son prix au jeu.

Le prix du danger en lettres blanches sur fond vert. Toute infraction était passible de la peine de mort. C'est-à-dire d'être enfermé dans le cabanon du gardien qui surveillait jalousement son gazon. Et, pire que la mort, d'une fessée cul nu devant les autres. Mais rien ne m'arrêtait. J'avais l'esprit sans-culotte et le sprint révolutionnaire.

Gardien de square était une activité réservée aux invalides de guerre, pensionnés et autres handicapés de la vie ou de la gendarmerie. Le défi était de faire courir le planton du square Tenon. Et il courait, l'animal, poursuivant sans relâche les garnements qui profanaient sa pelouse. Il donnait du sifflet et de la voix, jurant :

– Tu vas voir, si je t'attrape !

Personnellement, il ne m'a jamais attrapé. Je cours toujours, je mange vite, je dors peu, je file sans me retourner sur la pelouse de ma vie.

Aujourd'hui, je ne vais plus jamais au square Tenon, près de l'hôpital du même nom. C'est trop triste. Ce n'est plus un square. On peut déambuler sur la pelouse, c'est autorisé. On a le droit de s'y asseoir, de s'y allonger, voire d'y manger son goûter. C'est devenu un pré où l'on met à brouter veaux, vaches, cochons, papas-poules, femmes-enfants, dindons apprivoisés, génisses bien élevées, mamy, papy, tonton, tata, adeptes du tissage et du macramé, adolescents bourgeonnants et autres bovidés. Plus personne ne songe à provoquer l'homme au képi. Le gardien s'encroûte et bedonne d'ennui, sifflant des bières faute d'avoir autre chose à siffler.

J'appartiens à la génération privilégiée qui a vu le monde changer en 68. Pourtant, contrairement à l'injonction majeure de mes vingt ans, « il est interdit d'interdire », j'affirme que si nous voulons vieillir en beauté, voir le grand soir tant espéré, il est impératif de rétablir l'interdiction absolue des pelouses. Sans pelouse interdite, pas de jeunesse révoltée, pas de damnés de la terre qui du passé veulent faire table rase, pas de Révolution. Rien qu'un avenir d'herbe sage, grasse et coupée au carré.

L'horreur gazonnifiée.

Pas de samedi sans soleil

Mes parents ne m'ont jamais frappé. Pas une taloche, pas une gifle, pas une fessée. La seule fois où ils promirent de me battre si je n'écoutais pas, je courus au commissariat place Gambetta appeler la police à mon secours. J'avais cinq ans et déjà une idée très rigoureuse de mes droits. Personne ne pouvait me menacer, et encore moins mettre la main sur moi. Il paraît que les flics ont beaucoup ri de ma détermination à faire envoyer mes parents en prison.

Ce fut une bonne leçon : il n'y a rien à attendre de la police.

Un soir, pourtant, mon père me mit KO. Il avait gardé de sa jeunesse une paire de gants d'entraînement. De gros gants de boxe, larges et plats, que j'adorais enfiler. J'étais Georges Carpentier, Battling Siki, Robert Cohen, Marcel Cerdan, Lazlo Pap, Sauveur Chioca... Mon père se plaçait en garde et je devais attaquer : gauche, gauche, droite et remiser. J'attaquais, une fois, deux fois, cinq fois. Emporté par ma fougue, par mon élan, la sixième je me suis empalé sur son poing. En contre. Et me voilà au tapis pour le compte. Ma mère, qui rentrait à ce moment-là, me rejoignit sur le parquet, évanouie. Mon père pouvait lever les bras, il avait gagné sa soirée. Deux KO d'une seule droite.

Ce n'était pas sept mouches d'un coup, comme le petit tailleur, mais presque.

J'ai été élevé selon de saints principes laïques qui s'exprimaient par des proverbes qu'on me servait aussi souvent que des nouilles « à la papa » ou du tapioca :

– Il n'y a que les yeux qu'ont peur.

– Pleure, tu pisseras moins.

– On ne met pas un homme trois fois capot.

– Pas de samedi sans soleil.

– Le roi dit « nous voulons ».

– Vote le plus rouge possible, ça rosira toujours.

– Chante pas à table ou t'auras une femme folle.

– La beauté ne se mange pas en salade.

– Tout travail mérite salaire.

– Il n'y a que ceux qui font rien qui ne se trompent pas.

– Pas de messe basse sans curé.

– Tant que les corbeaux volent le bec en avant, il fera beau.

Proverbes qui, un à un, se sont vérifiés dans ma vie. Plus que les dix commandements.

Le dimanche matin, nous nous levions à peine plus tard que d'habitude. Je déjeunais sur la table de la salle à manger en lisant Blek le Roc, Buck Jones, Les Pieds Nickelés, Bibi Fricotin, Oscar le petit canard...

J'ai toujours lu en mangeant, j'ai toujours mangé en lisant.

Mes parents buvaient leur café dans la cuisine et, le temps de se laver, nous attaquions le ménage. C'était notre messe familiale, notre sport dominical. À la radio, Édith Piaf, André Clavaud, Charles Trenet, Dario Moréno, Luis Mariano, Mouloudji, Brassens et son gorille donnaient le tempo pour passer la paille de fer sur le parquet, encaustiquer, cirer, épousseter, balayer, lessiver...

Quand je manquais de cœur à l'ouvrage, mon père me houspillait :

– Eh, « Dors-en-chiant », t'attends quoi ? Que les coins s'approchent ?

C'est vrai, j'attendais.

J'attends encore.

Comme Macbeth, je sens que je serai vraiment moi-même le jour où je verrai les coins s'approcher, telle la forêt de Birname venant à Dunsinane, *to-morrow and to-morrow and to-morrow*...

Pour compléter mon éducation, l'après-midi, mon père m'entraînait à la Cipale, suivre les sprints derrière Derny, au Central, encourager les boxeurs amateurs à saigner du nez, au gymnase de la Bidassoa, m'initier aux secrets du double-nelson et du tour de hanche en tête, lutte libre et gréco-romaine, à la salle Wagram, voir les catcheurs, l'Ange blanc et le Bourreau de Béthune, au stade Henri-Pathé, applaudir Camembert, avant-centre vedette de Montreuil, dont nous étions les supporters.

Mais le plus souvent, nous allions au cinéma.

J'ai toujours aimé le cinéma, même si, avant d'être la version originale des films que j'allais voir, la V. O. fut pour moi *La Vie ouvrière*, le journal de la CGT auquel nous étions abonnés... Pour voir le monde se transformer, je compris très tôt qu'il valait mieux ouvrir les yeux dans le noir que scruter l'horizon lointain de la révolution.

Le cinéma, c'était la vie sur grand écran, sans attendre ni l'électricité ni les soviets.

Dans les films, par exemple, il suffit de sortir de chez soi et de claquer des doigts pour qu'un taxi s'arrête, ce qui dans la réalité arrive rarement. Pour ainsi dire : jamais. Et je ne parle pas des revolvers à cinq cents coups qui ne s'enrayent pas, des voitures increvables, des chambres d'étudiant de cent mètres carrés, des coups de poing dans la gueule qui n'assomment personne, des chutes vertigineuses inoffensives et des blondes qui boivent des litres de bière sans jamais avoir besoin d'aller lâcher l'eau... J'aime aussi particulièrement les scènes de nuit, quand la vedette éteint la lumière et que, d'un coup, l'obscure clarté qui tombe des projecteurs allume l'écran.

C'est rassurant.

Plus rassurantes et plus encourageantes encore sont les scènes d'amour physique. Surtout le coït américain. J'admire l'Aigle des Mers qui, sans coup férir, sans se déboutonner ni même baisser son pantalon, envoie la Nièce du Gouverneur Pervers au septième ciel tandis qu'un canon tire à coups répétés. Moi aussi, quand je fais l'amour, j'aimerais que le train entre dans le tunnel, que le pétrole jaillisse du puits, que la maison explose en flammes, etc.

Il n'y a que les ascenseurs qui ne fonctionnent jamais, au cinéma. Ce n'est pas comme les taxis. Dès que le héros ou l'héroïne veut prendre un de ces foutus engins pour échapper à une bande de gangsters, un serial-killer, un communiste le couteau entre les dents, patatras, l'ascenseur n'est jamais là, et c'est parti pour une scène d'escalier.

L'avenir des réparateurs d'ascenseurs est immense, à Hollywood.

Il y avait trente-cinq cinémas entre Belleville et Ménilmontant, sans compter la salle paroissiale et la Bellevilloise, salle historique où, pour la première fois, on projeta en France *Le Cuirassé Potemkine* de Sa Majesté Eisenstein. Il y avait l'Alcazar, l'Alhambra, l'Améric-Cinéma, le Bagnolet-Pathé, le Bellevue, le Chantilly, le Ciné-Palace, le Cocorico, le Crimée, le Danube, l'Éden Jean-Jaurès, le Féerique-Pathé, le Floréal, les Folies-Belleville, le Gambetta, le Ferber, le Mambo, appelé aussi Gambetta-Étoile, le Miami, le Ménil-Palace, l'Olympic Jean-Jaurès, le Paradis, le Phénix, le Provence, le Pyrénées-Palace, la Renaissance, le Rialto-Flandres, le Riquet, le Secrétan-Palace, le Secrétan-Pathé, le Séverine, le Théâtre de Belleville, les Tourelles, le Zénith, tous ces noms qui font rêver, sans oublier le Florida, un ancien ring de boxe qui avait pour particularité d'offrir autant de prix d'entrée que de sièges différents. Bancs, fauteuils, chaises avec ou sans coussins, en cuir, en velours, en moleskine... il y en avait pour toutes les bourses. Pour toutes les miches aussi, les plus délicates comme les faubourgs en plomb.

On allait au cinoche comme on allait à la pistache, aux courtines, au boulanger et au coiffeur, sans crainte d'offenser la grammaire. C'était une pièce large, confortable et chauffée où les petits frangins apprenaient des plus grands l'art et la manière de rouler des patins, de vérifier en douce si la fille avait de gros seins ou si c'était des amplis mousses. Voire – grande témérité – de risquer une main sous leur jupe, remonter la douce allée du bas en haut, passer le pont de la jarretelle, toucher la peau, glisser sous la barrière de dentelle...

Là, deux options : la baffe ou le palot.

Personne ne se payait une toile pour voir ce qu'il y avait sur l'écran. C'était une sorte de lampe de chevet musicale avec un faux contact. Tantôt la pièce était très sombre (scène de nuit, *à l'attaque !*), tantôt elle s'éclairait (scène de jour, *enlève ta main !*). Selon l'histoire, les plus timides voyaient le Rouge ou le Noir, Jules ou Jim, Blanche-Neige ou les sept nains ; les audacieux ne voyaient rien. Depuis qu'on s'intéresse aux films plus qu'aux filles, qu'on va seul au ciné ou avec un copain qu'il serait malvenu d'embrasser dans le cou, plus personne ne fait la queue pour entendre : « La séance étant permanente, il ne sera pas délivré de carte de sortie. » La libéralisation des mœurs et la cinéphilie ont assassiné le cinéma.

Sur le chemin, à l'aller ou au retour, en certaines circonstances – ah ! les circonstances... –, mon père prononçait systématiquement des phrases que j'appris, peu à peu, à prononcer moi-même. Aujourd'hui encore, si j'aperçois une fille à la poitrine vraiment plate, comme papa, je dis automatiquement :

– Celle-là, elle a les seins en dedans !

Ou, nuance :

– Elle a les seins comme mes genoux !

Mais si sa beauté m'émeut, je pense :

– Avec un petit garçon comme ça, je me passerais bien des filles !

Quitte à m'exclamer devant ses appas :

– Vingt dieux, la belle église !

Si la fille a les jambes maigres, je lâche :

– Le 11 gagne un kilo de sucre !

Et si c'est une femme enceinte :

– L'hiver a été froid...

Quand nous croisions une fille qui souriait en marchant, papa me glissait l'affectueuse remarque :

– Celle-là, elle y va ou elle en revient...

Depuis, pour moi, toutes les jocondes y vont ou en reviennent.

Et je les envie.

Le trait carré

Ni baptisé ni catéchisé, je n'ai jamais eu de religion. Croire ne m'a jamais effleuré. Pas même à l'adolescence, quand, paraît-il, l'idée de Dieu vient en même temps que les boutons et la pratique intensive de la masturbation.

À quoi croire ?

Sinon au père Noël, le seul dieu qui tient ses promesses. À condition de lui écrire...

En revanche, même si cela me privait de nombreux jours d'école, je respectais scrupuleusement la religion des autres. Je ne manquais aucune des fêtes catholiques, je suivais le calendrier juif et rendais grâce aux musulmans en m'accordant, là aussi, des vacances supplémentaires pour célébrer l'Aït et le ramadan. J'étais l'œcuménique des jours de congé. S'il n'avait tenu qu'à moi, chaque jour scolaire aurait pu être sacrifié à Yahvé, Dieu le Père ou Allah. J'aurais même volontiers déserté les bancs de ma classe pour Bouddha, Vishnu, Civa, Brahmâ, les dieux Dogon, le Grand Manitou, Nanaboso le Grand Lapin, les shintoïstes, les taoïstes, les animistes, les dieux grecs, les Égyptiens, le Walhalla... mais je manquais de pièces justificatives.

Les dieux, c'est dommage, ne délivrent pas de bons d'absence.

Sauf les dieux civiques.

J'adhérais de toutes mes forces au culte de la démocratie. Notamment parce que le lundi matin, lendemain d'élections, nous étions dispensés d'aller en classe. Il fallait désinfecter le préau qui avait servi de bureau de vote. Admirable mesure prophylactique que j'approuvais sans réserve. Au nom de l'hygiène, j'aurais même accepté qu'une journée entière soit consacrée à la purification du temple électoral. J'étais un ardent défenseur du droit de vote, craignant par-dessus tout qu'une abstention massive ne me prive de ma demi-journée chômée. Pas d'électeurs, pas de nettoyeurs et des lignes à copier, des problèmes à résoudre, des leçons à apprendre. Pour plus de sûreté, à chaque consultation, j'accompagnais mon père jusque dans l'isoloir et je recommençais avec ma mère, qui me laissait plier le bulletin avant de glisser l'enveloppe dans l'urne :

– A voté !

Depuis que je vote en mon nom, par solidarité pour les élèves qui m'ont succédé, je n'ai jamais raté une élection.

C'est bien ma seule religion.

Je n'étais pas superstitieux non plus.

Mais si je croisais un curé en soutane (ça porte malheur !), je touchais du fer, je ne posais jamais le pain à l'envers (on ne gagne pas sa vie sur le dos), je m'abstenais scrupuleusement de passer sous une échelle, j'évitais les chats noirs et je refusais d'ouvrir un parapluie à l'intérieur, comme d'offrir des œillets.

En guise de Pater Noster, mon père me faisait réciter « ni Dieu ni maître », m'encourageait à brocarder les punaises de sacristie et grenouilles de bénitier. À chaque fois que nous apercevions un ratichon, je savais lui faire plaisir en lançant : « À bas la calotte ! » Je l'ai toujours soupçonné d'être l'inspirateur de l'inscription : « Fermé pour cause de crucifixion » vue sur la porte murée d'une église, près des boulevards extérieurs...

Quant à ma mère, elle montait sur ses grands chevaux dès qu'elle voyait à la télé une bonne sœur prendre l'isoloir pour un confessionnal. Elle était contre le vote des religieuses pour une raison que je partage : mariées avec Dieu, ayant prononcé le vœu de chasteté (en théorie ne pouvant donc pas être fécondées), elle leur déniait le droit de décider ce que seules des mères pouvaient décider ; notamment envoyer leurs enfants à la guerre...

Jésus pourtant m'intriguait.

J'ai mis longtemps à comprendre que le petit Jésus, toujours la boutique à l'air, et le grand qui séchait au soleil, pendu comme du linge mais sans les pinces, étaient la même personne.

Quand j'avais fait pipi, la dame qui me gardait m'encourageait fermement :

– Secoue bien ton Jésus, mon grand, me disait-elle, sinon la dernière goutte sera pour le pantalon !

Quant au Jésus de Lyon, c'était un saucisson de belle taille dont on m'envoyait chercher des tranches à la charcuterie Carlu, au coin de la rue Orfila. Les plus grands, eux, rigolaient, parlant de mettre le Jésus dans la crèche et me conseillaient de prendre gare à mes fesses si un type me trouvait « beau comme un Jésus ». Certains portaient Jésus très haut, pendu autour du cou à une chaîne en or ; visiblement j'étais voué à le porter plus bas.

Jésus était, si l'on peut dire, à la portée de ma main.

Mon grand-père maternel était libre penseur, et tout me laisse à penser que ma grand-mère l'était aussi. Du côté de mon père, le trait carré non plus ne faisait pas recette. En 14-18, son oncle Maurice, blessé, avait balancé à une bonne sœur de l'infirmerie qui tentait de le catéchiser : « Remballez vos salades, votre Marie, elle s'en est fait mettre une bonne paire au cul, comme tout le monde ! » Question classique de théologie, même si les termes n'étaient pas ceux de l'Institut catholique de Paris. L'amour du prochain a des limites, l'oncle avait été aussitôt renvoyé en ligne. À la boucherie. Quatre ans de riflette dans la boue, le sang et la merde. Mais Dieu, qui n'a pas les pudeurs de ses frangines, épargna sa vie, ou alors, c'est qu'il n'existe pas.

L'arbre à dents

La famille a toujours eu un rapport difficile avec la médecine. Le docteur Jean venait rarement à la maison. Pour ainsi dire jamais. Sauf une fois, la nuit, pour une vaccination d'urgence lors d'une épidémie. À l'occasion, il m'avait fait croire à la piqûre ventouse, celle qui ne pique pas les fesses quand on enfonce l'aiguille.

Après ça, allez faire confiance au corps médical...

Mon père et ma mère avaient une pharmacopée personnelle qui leur permettait de traiter quasiment tous les maux. Si j'avais mal à la gorge, je devais dormir avec une chaussette usagée autour du cou, en cas de rhume j'avais droit à l'Essence algérienne, une savante combinaison d'eucalyptus, de menthol et de galacol qu'on me frictionnait sur le thorax. En cas de bronchite, c'était le cataplasme Moutarde qu'on m'appliquait, brûlant, sur le torse. Une pratique assimilable à la tentative d'assassinat. Pour la toux, il y avait les bourgeons de sapin, en sirop, et l'eau de Botot pour l'hygiène buccale. Et pour les angines, le bleu de méthylène qui faisait pisser bleu. Le vermifuge faisait chier rouge et le charbon animal, contre les coliques, donnait les dents toutes noires. Une dose de Ricard pur stoppait net les diarrhées et une cuillère à café d'huile de ricin venait à bout d'une constipation tenace.

J'en voyais de toutes les couleurs.

Bien entendu, nous avions toujours sous la main de l'eau de mélisse en cas de malaise, du camphre sous toutes ses formes pour les douleurs musculaires, de l'embrocation, de la friction Foucaud et de l'eau des Jacobins, sans parler du Contrecoup de l'abbé Perdrigeon dont la cure était censée faciliter la circulation sanguine. Pour se requinquer, ma mère consommait de la gelée royale, elle se rinçait la tête au vinaigre de toilette, et quand je rentrais de la piscine, elle m'administrait de la sève de vigne contre la conjonctivite.

De manière générale, chaque prise de médicament « maison » s'accompagnait de la phrase rituelle :

– Si ça ne te fait pas de bien, ça ne peut pas te faire de mal...

Le vocabulaire médical ne nous faisait pas défaut : être « moulé dans un cor de chasse » indiquait un lumbago, avoir « mal aux cheveux » désignait le mal à la tête, généralement après un excès d'alcool. Alors que le fait d'avoir « la tête comme un carafon de vin chaud » s'appliquait à la banale névralgie, avec fièvre cependant. « Appeler Arthur » signifiait avoir envie de dégobiller, pathologie clairement située entre l'état nauséeux où l'on sent « les dents du fond qui baignent » et le vomissement lui-même qui se dit « aller aux miettes ».

J'en passe et des moins délicates...

Question chirurgie, on se perçait les ampoules aux pieds avec une aiguille passée à la flamme où pendait un long fil blanc, on se rabotait les cors avec une râpe adéquate et, plus tard, avec un engin acheté à un camelot, une sorte de coupe-choux à orteils, on se frictionnait le crâne avec du Pétrole Hahn et on prenait des bains de pieds au gros sel pour se dégourdir les arpions.

Avec tout ça, c'était bien le diable de ne pas rester en bonne santé. D'ailleurs, je n'ai jamais été malade.

Je n'ai même jamais souffert des dents. Pas comme mon père, qui avait perdu les siennes en captivité. Quatre ans en Allemagne à bouffer de la sciure lui avaient détruit le foie, la rate, la vésicule biliaire et le reste. Il était comme la vieille à qui l'on demandait :

– Grand-mère, voulez-vous des noisettes ?

Et qui répondait :

– Non, mon gendre, je préfère les poires blettes...

Mon père avait besoin d'un clavier neuf. Il m'emmena à la foire à la Ferraille, où plusieurs vendeurs de dentiers tenaient boutique. Un spectacle effrayant. Les dentiers pendaient sur un mât comme les fruits de l'arbre à dents. On pouvait essayer, après avoir rincé l'objet dans une gamelle remplie d'eau javellisée. Certains le faisaient sans hésiter, admirant l'effet dans un petit miroir mis à leur disposition par le commerçant. Puis, ayant trouvé chaussure à leur pied, ils se souriaient de toutes leurs dents. Leurs dents du bonheur, c'étaient les dents du commerce.

Heureusement, mon père renonça à ce genre d'exercice.

Il préféra s'adresser à M. Caton, dentiste prothésiste professionnel, dont le cabinet était juste en dessous de l'appartement de ma tante Lucie. Après plusieurs rendez-vous, prises d'empreinte, calibrage, essayage, l'inauguration de la prothèse tant attendue eut lieu un dimanche à l'heure du déjeuner. Son maniement se révéla plus ardu que prévu :

– Merde ! mes ratiches ! s'exclama mon père au moment où elles se faisaient la cerise dans un plat de purée.

Mon admiration pour lui monta d'un cran. Même ses dents étaient éprises de liberté.

Mont Saint-Michel

Je ne pissais plus dans ma culotte, j'avais lâché le biberon, je courais comme un lapin, mes parents décidèrent de me mettre à l'école. J'ai toujours trouvé choquant que l'on mette ses enfants à l'école comme les flics mettent les voleurs en prison ou comme on met sur la gueule à quelqu'un. Est-ce parce qu'on parle volontiers de carrière scolaire, qu'après une journée en classe, on demande toujours aux enfants s'ils ont bien travaillé ? Si l'école est faite pour travailler, il ne faudrait pas oublier de faire passer les élèves à la caisse. Et, à la fin du mois, payer en heures sup les heures de colle.

Quel était mon crime ? Je l'ignore. Mais le tribunal parental me condamna à dix ans de scolarité. Une peine de sûreté, sans possibilité de faire appel ni d'avancer des circonstances atténuantes.

J'étais fait aux pattes.

Français, Histoire, Maths, Chant, Dessin, Gymnastique... je fis mes débuts d'artiste de variétés à l'école Sorbier, dans le XXe arrondissement : une île de brique rouge, un mont Saint-Michel sur bitume, un château fort que dominait la tour de l'horloge où sonnait l'heure des récrés. À la sonnerie, nous courions lansquiner à la vitesse d'un cheval au galop...

Vantrou était de la même promotion que moi. Depuis, nous ne nous sommes jamais quittés.

Sorbier n'avait pas été construite en brique rouge pour rien. C'était une école d'avant-garde. Tous nos instits étaient des révolutionnaires de l'enseignement : M. Vigne qui, un jour d'hiver, nous fit sortir toutes affaires cessantes pour organiser une bataille de boules de neige dont il fut le général en chef, Loup Gris, notre professeur de gym, qui nous faisait porter le drapeau rouge en guise de maillot et nous emmenait au Palais des sports voir l'Allemagne de l'Est mettre la pâtée à l'équipe de France de handball, M. Hénoch, qui un an durant exalta la Terreur sous prétexte que les républicains n'avaient pas été si féroces que ça avec les aristocrates, « la preuve ? c'est qu'il en reste ! ».

Il nous interrogeait tandis que nous marchions en rang avant d'entrer en classe :

– Quelle est la devise de la République ?

Nous devions répondre en chœur :

– Liberté Égalité Fraternité !

– Qui en est l'auteur ?

– Ro-bes-pierre !

Il s'indignait qu'il n'y ait pas à Paris d'avenue célébrant l'Incorruptible, ni de rue ni de boulevard Saint-Just, mais un square Louis-XVI près de Saint-Augustin.

Le même nous fit faire à pied tout le XXe sur les traces des insurgés de 71. S'arrêtant devant le 35, rue Haxo, la « villa des otages », il expliqua :

– Pour une poignée de curés fusillés, on dénonce les « crimes de la Commune », mais pour les Versaillais qui, pendant la Semaine sanglante, tuèrent deux cent mille hommes femmes enfants vieillards, on applaudit le rétablissement de l'ordre. N'oubliez jamais ça !

Je ne l'ai jamais oublié.

– Et n'oubliez pas non plus qu'il n'y a pas de rue Louise-Michel à Paris mais une rue Thiers, dans le XVIe arrondissement, près de la Pompe...

M. Hénoch militait pour l'arasement du Sacré-Cœur et, chaque 1er mai, convoquait des volontaires pour aller voir défiler les vieux communards au mur des Fédérés du Père-Lachaise.

Si quelque chose en moi appartient à l'âge du croc, de l'angle, de la tête coupée, c'est à M. Hénoch que je le dois. Je n'ai aucune sympathie pour les petits-bourgeois français, ni aristocrates, ni ouvriers ; royalistes, versaillais, pétainistes. Moyens même dans leur médiocrité. Ce qui me sépare d'eux m'en sépare plus que si j'étais nègre ou fou.

Si, en semaine, il y avait « récréation » tous les jours, souvent, le samedi après-midi, il y avait « manifestation ». Avec nos instits, nous apprenions à ne jamais nous défiler tout en faisant de la marche à pied. Nous étions contre les crédits accordés à l'école libre, contre de Gaulle, contre la droite, les curés, les patrons, pour l'augmentation des salaires des travailleurs, pour la paix en Algérie, pour l'indépendance des peuples. Nous chantions *L'Internationale* en levant le poing et *Le Temps des cerises* en canon.

Ça nous faisait les jambes et les poumons.

C'était la guerre.

Avec mes copains, nous lancions des bombes algériennes, des pétards à un franc qui claquaient sous les jupes des filles. L'une d'elles, furieuse, nous traita de « crouilles ».

– Sales quoi ?

– Sales crouilles !

Je connaissais les ritals, comme Tanesi, Penna, Livi, les espingouins, comme Lopez, les youds, comme Silberman, dit Bébert, Grumblat, Rotman, Gutenberg, les portos, les pollacks, les négros, mais les crouilles, je ne voyais pas qui pouvait l'être parmi nous. Tanési prétendait que Belkacem en était.

Je ne pouvais pas y croire :

– Impossible ! C'est pas un crouille. Je connais sa mère, elle travaille chez Carlu !

– Ben et alors ?

– Si c'était une crouille, elle travaillerait pas dans une charcuterie. Les crouilles, ils n'aiment pas le porc.

– D'où tu sors ça ?

– C'est mon frangin qui me l'a écrit. Il est dans le bled. Il sait ce qu'il dit !

– Et le petit Jacky Saïd ?

– Jacky, c'est pas crouille comme prénom ! C'est ricain, comme Elvis.

Lopez s'en mêla :

– Moi je vous dis que c'est les frères Ben Aych ! Les crouilles, c'est des sidi bennes basculantes !

– Que t'es con ! Les Ben Aych, c'est des youds. Demande à Bébert.

Bébert confirma.

– Ils sont dans la fourrure, comme mon père.

Tanesi attrapa Belkacem par la blouse :

– Dis, c'est vrai que t'es crouille ?

– Tu veux te battre ?

– Y a que la vérité qui blesse.

– Je ne suis pas un crouille, dit Belkacem, je suis un bougnoule.

Et il se dégagea en riant.

– Et vous, vous êtes des truffes !

Il se payait notre tête. Nous n'étions pas plus avancés. Finalement, nos soupçons se tournèrent vers un Hongrois appelé Attila.

Attila, ça faisait vraiment crouille.

Je n'étais pas à Sorbier depuis longtemps lorsque le médecin scolaire fit une importante découverte : moi qui me croyais « Aigle solitaire », j'étais en réalité « Taupe abandonnée ». Je devais porter des lunettes. Peut-être la terre s'arrêta-t-elle de tourner ce jour-là ? le soleil pivota-t-il sur son axe, la lune montra-t-elle sa fesse cachée, comme disait Marie la Folle qui vendait des bonbons en face de l'école. J'étais catastrophé : le binoclard est un réprouvé. Porter des lunettes, c'était comme agiter sa clochette pour un lépreux.

Le médecin chercha à me consoler :

– Ce n'est pas si grave que ça ! Et puis les lunettes donnent un air intelligent... Regarde-moi.

Je le regardai : il avait l'air d'une pomme avec deux loupes sur le nez.

M. Verrier, l'opticien, me jura que c'était du provisoire. C'était la croissance, la fatigue, une sorte de préadolescence. Tout ne pouvait que s'améliorer. Dans un an, deux tout au plus, je pourrais m'en passer.

– Tu verras...

Oui, j'ai vu.

C'est une tradition médicale bien établie : ne jamais avouer à un patient l'étendue de son mal. En vérité, du jour où je les ai chaussées, mes lunettes ne m'ont plus jamais quitté. Sans elles, je vois impressionniste.

Je dus m'adapter à vivre avec ces prothèses. Cela ne se fit pas sans mal. Car non seulement je suis myope, mais en plus, je louche. Contrairement à Sartre, je louche façon Nizan, de la manière qui plaît aux femmes...

Comme je ne pouvais plus me battre dans la cour de récré, je suis devenu chef de bande et capitaine de l'équipe de hand. À la piscine, je nageais dans le vague, profitant de mon handicap pour attraper là un sein, là une fesse, sans que l'on puisse m'accuser de lubricité. À la foire du Trône, au tir, j'exigeais le droit de m'approcher de la cible. Ainsi, je gagnais un chapeau tyrolien en visant une paire de draps...

Plus tard, quand je travaillais dans l'imprimerie, mon patron, aussi bigleux que moi, égarait systématiquement les siennes, nous régalant de la fameuse scène :

– Où ai-je mis mes lunettes ?

Finalement, j'aime mieux avoir des lunettes qu'avoir du bide.

Une chose m'intrigue pourtant : il est à peu près certain que mes lunettes me survivront. Mais, quand je ne serai plus là, quel sera leur sort ? Elles, que j'avais l'habitude d'emporter avec moi partout, seront-elles réduites à rester dans un tiroir ou dans un étui ? Et si mes chères lunettes étaient données à une œuvre de charité ? Si, au lieu d'être oubliées dans une boîte à souvenirs, elles se retrouvaient sur le nez d'un autre ? Que verrait-il, cet autre, à travers elles ? Verrait-il le monde comme je le voyais ? Ma vision et la sienne s'opposeraient-elles ou, au contraire, s'uniraient-elles ? Si l'eau peut avoir de la mémoire, pourquoi mes carreaux n'en auraient-ils pas ? Le nouveau propriétaire serait-il alors sujet à des visions ? Aurait-il des apparitions, voire des hallucinations ?

Haïku

Jamais Miss Mortimer n'entrava l'argot dont mon père était si fier. He never understood la langue de Robin Hood. C'est peu dire qu'ils ne se comprenaient pas. Ils se battaient, faisant flèche de tout bois. Dès mon plus jeune âge, je dus m'initier aux règles de l'arbitrage. Tantôt en anglais, tantôt en françois, shut up et ferme-la ! Ça se bat toujours en moi. Je hoche la poire en écrivant Popaul plutôt que William quand Shakespeare se réveille en moi.

Mes parents se déchiraient.

Je n'en pouvais plus des portes closes, des cris, des pleurs, du corps à corps des douleurs, des nuits de garde, des tranchées de silence. Je pris l'habitude de dormir au bord du lit, sur le qui-vive, prêt à sauter dans mes habits. À gicler hors de chez moi. Chaque matin, une main d'angoisse me saisissait de l'intérieur et m'étranglait jusqu'au soir. Je n'avais pas la comprenette difficilette, mais l'école ne m'intéressait pas. À quoi bon apprendre à compter, puisque un plus un ne faisait pas deux mais trois malheureux. À quoi bon apprendre à lire si les livres ne disaient que guerre et guerre comme père et mère. Je décidai de m'absenter, de faire la bleue, d'explorer le grand nulle part, certain d'y être plus heureux que dans le noir où je vivais.

Ma mère descendit faire les courses.

Je profitai de son absence pour nouer à mon cou l'écharpe jaune de mon frère. Je montai sur un tabouret et je m'accrochai à la barre fixe que mon père avait installée dans l'encadrement de la porte de la salle à manger. Me pendre ne me faisait pas peur. D'ordinaire, quand j'étais trop casse-pieds, on m'envoyait rebondir d'un :

– Va voir ailleurs si j'y suis !

Eh bien, j'y allai sans hésiter.

Je sautai pour refaire ma vie à l'envers.

Elle était si courte qu'elle n'eut pas le temps de défiler devant mes yeux. Je ne vis rien, je n'entendis rien, sauf ma propre voix quand le nœud me lâcha :

– Aïe !

Je tombai sur le cul.

Ma mère rentra au moment même où, d'une chute sur l'arrière-train, j'écrivais le premier vers de ce haïku inattendu.

J'eus tout juste le temps de lui faire croire que je travaillais mes abdominaux.

– Avec une écharpe autour du cou ?

– J'avais froid.

– Va remettre le tabouret dans la cuisine ! Tu crois que je n'ai que ça à faire ?

J'obéis, me massant discrètement le bas du dos.

– Et l'écharpe, c'est celle de ton frère ? Il va encore la chercher partout ! Oh my god, you'll make me crazy !

J'ai longtemps gardé cette écharpe.

Talisman ? Gri-gri ? Porte-bonheur ? Sa laine douce me protégeait. Elle m'empêchait de renouer avec la poésie meurtrière. Une femme avec qui je vivais, par distraction, l'égara. Je la quittai sur-le-champ. Pouvait-on se distraire du fil auquel ma vie avait tenu sous prétexte qu'on avait, ensemble, pendu la crémaillère ?

Underwood

En sortant de l'école, à quatre heures et demie, nous filions chez Marie la Folle dont la façade bleue pâlissait face à notre étendard de brique rouge. On s'entassait en grappe dans la minuscule boutique pour attraper des surprises à un franc enveloppées dans du papier journal. La plupart du temps, on gagnait un Jésus en sucre ou des bonbons à la violette, et parfois – c'était le gros lot – une pièce de 2 francs qui permettait de rejouer immédiatement. Je n'ai jamais entendu dire que quelqu'un ait volé quoi que ce soit à Marie la Folle. Pourtant, ç'aurait été facile, elle avait la tête ailleurs et un œil qui disait merde à l'autre.

Mais non.

Nous mettions un point d'honneur à payer scrupuleusement nos Carambar à 5 francs, nos Malabar à 10, nos boules de coco, nos Caransac, nos Mistral gagnant. Ces francs-là ne pesaient pas lourd.

Après l'indispensable arrêt bombecs, mon copain Colas et moi rejoignions en courant l'atelier de son père, rue Boyer. Je dis « mon copain Colas », mais Claude était plus que cela : un ami, un frère, un double, un autre que je pouvais aimer comme moi-même et que j'aime encore, même si la vie nous a éloignés.

M. Colas, « l'Espagnol de l'armée en déroute », selon mon père, réparait tout ce qui pouvait se réparer sur les Remington, Underwood et autres Japy...

Pendant qu'il bossait, il nous apprenait à taper :

– Et ne venez pas me les casser !

Une serviette de table autour du cou attachée au clavier pour cacher les touches, nous devions, sans relâche, aligner des pages entières dans les odeurs d'huile, de white-spirit, d'alcool dénaturé et de mécanique : qms, qms, qms...

Et recommencer mlsq, mlsq, mlsq...

Et encore lsqm, lsqm, lsqm...

Et plus vite sqlm, sqlm, sqlm...

Précision et vélocité : la barre du milieu parfaitement maîtrisée, nous avons eu droit à passer à celle du dessus, puis à celle du dessous, avant d'aborder les caractères particuliers, les & § $... et les chiffres.

Les petits rats de l'opéra ne faisaient pas plus que nous d'exercices de barre...

Quand enfin M. Colas jugea que nous savions taper, vint le jour mémorable de l'abandon du cache-clavier. Un geste aussi fort, aussi symbolique que pour d'autres le baptême ou la circoncision. Nous étions des hommes, désormais. De véritables dactylographes, capables de rivaliser à clavier nu avec les meilleures secrétaires de notre entourage. En particulier avec M. Colas lui-même, qui ne tapait que de deux doigts, dont un curieusement replié. Nous nous entraînions à la course en ligne, c'est-à-dire en phrases, paragraphes, en chapitres entiers de romans policiers, que nous recopiions au rythme d'une mitraillette.

Pour mes onze ans, M. Colas me fit présent de l'Underwood à laquelle j'étais attaché depuis le début. Ce cadeau a orienté ma vie. Les « je veux me suicider » que j'écrivais sur des buvards publicitaires, des cahiers à grands carreaux, des feuilles volées, des feuilles volantes, je pouvais désormais les taper. Taper *s'envoyer en l'air* et *se taper le cul par terre* dans un sens très différent de celui qu'entend le commun des mortels me dispensait désormais de me taper la tête contre les murs.

Lorsqu'un visiteur s'étonne de trouver encore ma vieille machine sur mon bureau :

– Vous n'avez pas d'ordinateur ?

Je réponds que, même si je rêve souvent de mettre de l'ordre dans mes idées, pour rien au monde je ne me séparerais de mon Underwood bien-aimée. Imagine-t-on Yehudi Menuhin se séparant de son Stradivarius pour un violon Yamaha sous prétexte qu'il est plus neuf et plus moderne ?

Et si l'explication ne convainc pas, si mon visiteur insiste :

– C'est là-dessus que vous tapez ?

Je dis :

– Oui, comme Faulkner...

Ça a le mérite de le faire taire.

À Pâques, avec Colas, nous nous faisions embaucher à la foire du Trône qui, à cette époque, se tenait encore à la Nation, entre les colonnes. Nous étions chargés de nettoyer les aquariums des poissons rouges, vendus à l'unité, dans des sacs en plastique. Comme nous nous apitoyions sur leur triste sort, le forain nous expliqua que nous n'avions pas à nous en faire. Les poissons rouges étaient plus heureux que les humains : ils n'avaient pas de mémoire. D'un coup de nageoires à l'autre, ils ne se souvenaient ni du scaphandrier en céramique, ni des petits cailloux multicolores, ni de l'algue en plastique, pas plus que du bord de l'aquarium sans cesse revisité. Ils tournaient en rond, heureux petits patapons de l'instant même. Les poissons rouges sont comme les morts : ils ignorent l'horreur de leur situation.

Avant de commencer notre travail, chaque jour, nous allions saluer un couple de Lilliputiens allemands, visiter le monstre tricéphale barbotant dans son jus au formol et souhaiter le bonjour à la femme-serpent qui nous appelait « mes beautés ». La plus grosse femme du monde, elle, était plus timide. Elle se montrait peu et de loin. Nous lui faisions tout juste un signe de la main. Si elle avait agité sa culotte comme on agite un mouchoir, on aurait pu penser qu'elle secouait une paire de draps...

Le forain nous payait en tours gratuits pour les manèges, surtout pour le Rotor. Une attraction à la gloire de la force centrifuge qui vous plaque pendant trois minutes sur la paroi d'un immense tonneau en bois. Ainsi, je peux affirmer que j'ai passé une partie de mon enfance collé le dos au mur...

Mon père me racontait que, de son temps, on pouvait voir à la foire du Trône le nain géant et le géant nain, la trapéziste enceinte du cirque Fani, le puits de la Vérité, une attraction magnifique où le bateleur mettait au défi un gogo de lui mentir plus de trois minutes. Chaque beau mensonge rapportait cent sous.

– Deux et deux ?

– Cinq !

– Quelle est la couleur du cheval blanc d'Henri IV ?

– Vert !

– Par qui a été construite la tour Eiffel ?

– Charlemagne !

Mais, pour gagner le gros lot, le volontaire devait mettre sa main dans le puits de Vérité et continuer à mentir. Roulement de tambour : aucun homme jusqu'alors n'avait pu accomplir un tel exploit ! Le gogo déjà se régalait du filet garni et de la bouteille de vouvray qu'il allait emporter. Le forain lui saisissait la main et, avant qu'il ait le temps de réagir, la plongeait dans le puits.

Quand le malheureux la ressortait du trou, il n'avait qu'un cri :

– C'est de la merde !

La vérité triomphait à tout coup.

Il se souvenait aussi de son oncle Félo qui, au jeu du maillet, frappa de quart en coin, faisant monter en flèche le pioupiou à baïonnette qui devait crever le ventre d'un boche. Félo tapa si bien que non seulement il fit sonner la cloche, mais sauter les cornières et tomber le mât. Ce qui ne l'empêcha pas de réclamer son lot :

– Un sucre d'orge, pour le petit...

Mon père était plein d'histoires d'hommes forts. Son copain, rampiste, qui écrasait les noisettes d'un doigt, d'une simple pichenette, et se montrait capable de tenir vingt kilos à bout de bras, plus d'une minute, sans bouger ni trembler. Son grand-père maternel, forgeron, qui, lorsqu'il était foutu à la porte, se vengeait en brisant la bigorne de l'enclume d'un unique coup de masse. Le même qui arrachait les comptoirs des cafés où l'on refusait de le servir. Et l'oncle Henri qui, un soir dans une queue de cinéma, s'expliqua d'une gifle avec un type qui se moquait de Milo, l'amant de ma grand-mère, le Beau Frisé tremblant de parkinson.

– Tu vas voir s'il a la bloblote !

Au commissariat, il fallut plusieurs témoins pour certifier qu'il avait frappé à main nue, pas avec une planche.

– La prochaine fois, tapez moins fort, conclut le commissaire bon enfant.

Et il le relaxa.

Mon père, lui-même, était un vrai costaud. Il soulevait à bout de bras une brouette de terre et pouvait sauter à pieds joints sur une table d'un mètre de haut placée à un mètre de lui. Mais il ne roulait pas des mécaniques. Il préférait apprivoiser les oiseaux...

J'aime les odeurs de la fête foraine, celle de la guimauve, des pommes d'amour caramélisées, de la barbe à papa ; l'odeur métallique des tirs à la carabine et celle plus électrique des autos-tampons ; même celle de la friture, des beignets, des saucisses qui cuisent sur le gril. J'aime manger à la clocharde les frites en cornet avec une tranche de lard à la graisse. Je ne crains pas d'entrer dans l'antre des lutteurs qui sent la ménagerie ni dans celle des filles qui se tortillent cul nu dans des effluves de parfum à trois balles. J'aime les bruits de la fête, aussi. Le souffle des pistons qui font monter et descendre les avions, le grincement des rails de la chenille et du dragon, l'orphéon des manèges et le cliquetis de la roue des loteries. Un soir, avec mon père, sur un seul numéro nous avons gagné vingt kilos de sucre.

Vingt kilos !

Que demande le peuple ?

222, rue des Pyrénées

J'eus une enfance montagnarde à Paris, rue des Pyrénées, au numéro 222. Trois canards à la queue leu leu, signe évident du destin où je multipliais par *X* les chances d'être de mon siècle, sans quitter mon arrondissement, le XXe... Du deux-pièces où nous perchions, mon père, ma mère, mon frère et moi, nous pouvions voir trois fois Dieu. Une fois à droite, en regardant le Sacré-Cœur, une fois de face, en observant le four crématoire du Père-Lachaise, une fois à gauche, en contemplant le rocher du zoo de Vincennes...

Sur le même palier que nous vivait la famille Cube : Papa Cube, Maman Cube et leur fille Marinette. Papa Cube était cuisinier dans un hôpital. J'admirais sa dextérité à hacher le persil, agitant son grand couteau au rythme d'une machine à secouer le paletot. Maman Cube me gardait le soir, après l'étude, en attendant que mon père rentre. Elle m'engraissait à la confiture de tomates vertes et m'évangélisait en douce. Pour lui faire plaisir, je voulais bien saluer Marie pleine de grâce, mais pour bénir le fruit de ses entrailles, il ne fallait pas compter sur moi. Je savais ce que ça signifiait, même si je n'avais jamais été témoin du lavement hebdomadaire qu'elle administrait à sa fille. D'après mon frère, le je-vous-purge-Marinette dans les tinettes valait une messe chantée à Notre-Dame.

Je regrette d'avoir raté ça.

Les Cube avaient aussi un cousin qui habitait Bourg-la-Reine.

– Et toi, t'habites Choisy-le-Roi ? me demandait-il à chacune de ses visites.

Ça faisait rire tout le monde.

Notre voisine du dessous, Mme Andrée, travaillait dans les assurances afin d'assurer mon approvisionnement en buvards publicitaires, stylos à bille et crayons. Pour le reste, je me demande bien ce qu'elle pouvait y faire. C'était une adorable personne, plus large que haute, dont la vie avait été brisée par la mort de son fils encore enfant. Elle ne manquait jamais une occasion de m'attirer chez elle, tantôt pour m'offrir une rasade de Vittel Délices orange, tantôt un verre de Vittel Délices citron.

Le mercredi soir, avec mon père, nous descendions chez Mme Andrée écouter le crochet radiophonique, lire *Le Hérisson*, un journal comique imprimé sur du papier vert, et *Marius*, son concurrent, imprimé sur papier rose. En retour, nous lui prêtions *La Vie du rail* et *La V. O.* Dans son appartement très coquet et terriblement bien rangé, la chambre, toute en acajou verni et satin rose, me fascinait. Surtout le grand nu coquin qui pendait au-dessus du lit. Je me demandais si c'était un portrait de Mme Andrée dans sa jeunesse. Elle était sacrément souple, alors, pour réussir à montrer en même temps et ses seins et ses fesses.

Le samedi soir, Mme Andrée, qui vouvoyait mon

père et l'appelait « M. Jojo », montait chez nous regarder la télé. Elle ne montait jamais les mains vides : religieuses, pets-de-nonne, éclairs au chocolat...

Nous nous en mettions plein la lampe, faute de s'en mettre plein les yeux.

Une fois par an, un dimanche midi, elle nous invitait à déjeuner lorsqu'elle recevait sa sœur et son beau-frère. Il y avait du Bartissol en apéritif et, en entrée, toujours du vol-au-vent.

Au quatrième logeaient les crémières de la crémerie Lacan. Trois filles dans un deux-pièces transformé en dortoir. Elles commençaient tôt et finissaient tard. Mais, de treize heures à quinze heures trente, elles ne travaillaient pas. J'ai, plus d'une fois, mis à profit cet acquis social pour cautériser à ma manière la « coupure » des crémières. Pendant que deux d'entre elles déjeunaient dans la cuisine, infirmier volontaire, j'encourageais la troisième à faire du régime et de l'exercice. Ça ne pouvait que lui faire du bien. Le beurre, le fromage, la crème, le petit verre de vin blanc pour faire glisser la tome ou le cantal donnaient aux filles de chez Lacan de bonnes joues, de grosses fesses et des seins crémeux comme les fontainebleau, ces desserts couverts d'un voile de tulle qu'il faut soulever délicatement...

Au troisième, Marcelle, la fille de la concierge, son couvreur de mari et ses deux fils occupaient tout l'étage. Ils furent les premiers à doter leurs W.-C. d'un siège avec lunette rabattante. C'était si nouveau que tous les locataires de l'immeuble, un par un, venaient visiter l'engin révolutionnaire qui détrônait les tinettes à la turque. On allait là comme au palais de la Découverte.

Le monde changeait de base...

Juste en dessous, il y avait leurs parents, Mme Robard et son mari, Émile, croque-mort dans le civil, chargé du nettoyage de l'escalier. Tâche dont il s'acquittait avec un enthousiasme mesuré. D'après mon père, il cintrait les balais à force de s'appuyer dessus.

Sur le palier du sixième, dans les cabinets, il y avait une arrivée d'eau. En été, j'en profitais pour prendre des douches. Tant pour l'hygiène que pour le confort, mon père avait bricolé un caillebotis à placer au-dessus du trou. Un tuyau armé d'une pomme d'arrosoir faisait le reste. L'eau coulait froide, mais bon, dehors, la chaleur dominait. La douche marquait un progrès considérable comparée aux acrobaties sur évier que je devais effectuer d'ordinaire pour me laver.

Me voir prendre une douche devint très vite un événement public.

Mon père se chargeait d'installer le matériel tandis que je me déshabillais dans les coulisses. Puis je faisais mon entrée, les hanches ceintes d'une serviette de toilette en tissu éponge que j'abandonnais en prenant place sur le caillebotis. Puis, sous le regard circonspect de ma mère, de mon frère, des voisins, parfois de mes copains d'école, j'ouvrais le robinet d'un geste volontaire. Comme le roi Louis XIV, sans honte d'exposer mon anatomie, j'exécutais alors les figures bien connues du savonnage et du rinçage pour le plaisir de mes spectateurs. Et si je ne saluais pas à la fin, c'était par pure modestie.

Le propriétaire prit la malheureuse initiative de faire remplacer le vieux robinet par un neuf. Drôle d'idée. Le robinet nouvellement installé se révéla trop long d'au moins dix centimètres. Un samedi matin, mon père s'en expliqua avec Émile, le mari de la concierge. L'un après l'autre, prenant la position du tireur accroupi, ils défendirent leur théorie. Pour mon père, il était évident qu'en plein effort, on risquait à tout instant de se fracasser la tête contre cette tuyauterie de Damoclès, pour Émile, au contraire – défendant le propriétaire –, la longueur du robinet permettait d'accrocher le papier hygiénique et, mieux encore, de s'y tenir. C'était la bataille d'Hernani. Les Anciens contre les Modernes. Les partisans du robinet court et les partisans du robinet long.

Je descendis faire les courses.

Ce qui se passa entre-temps, je l'ignore.

Je sais seulement qu'en remontant, j'entendis Émile qui hurlait dans l'escalier :

– Jojo ! Jojo !

Craignant le pire, craignant qu'ils en soient venus aux mains, je grimpai les six étages quatre à quatre. Arrivé au sixième, je découvris Émile cramponné au robinet des cabinets transformé en geyser. Pour appuyer d'un geste sa théorie, pour la démontrer par l'exemple, il s'était arrimé au tuyau, genoux fléchis. Quand il s'était relevé, le robinet avait lâché. Mon père aussi l'avait lâché, laissant le concierge se démerder avec l'eau qui jaillissait.

À l'heure de la retraite, les Robard quittèrent Paris pour retrouver leur Aveyron natal. On peut dire que pour eux, ce fut un véritable retour à la terre puisque, pas plus de trois mois plus tard, ils étaient morts et enterrés.

L'éloge funèbre d'Émile fut injustement bref :

– Ça fera un grand vide dans la maison, lui qu'était toujours plein...

Le boucher hippophagique qui occupait le rez-de-chaussée jouissait aussi d'un appartement au premier et d'une chambre au sixième pour son fils. Nous n'étions pas du même bord : il en tenait pour le sabre et le goupillon, nous ne mangions que du bœuf.

– Plus à droite, disait mon père, il y a le mur.

Je suis l'enfant de trois siècles : le XIXe qui, contrairement à ce que l'on croit, ne s'acheva qu'en mai 1968, le XXe qui ne dura pas si longtemps que ça, et le XXIe, dont on verra jusqu'où il ira...

Sur les coteaux herbeux de la rue des Pyrénées, près du pont, à côté de la villa Stendhal, j'ai vu brouter le dernier troupeau de chèvres de Paris. J'ai vu aussi l'attelage de chevaux noirs qui tirait la diligence du vin Postillon. J'ai connu les marchandes de quatre-saisons, les rémouleurs, les vitriers qui poussaient leurs cris dans la rue, les chiffonniers et les chanteurs à qui on jetait des pièces entortillées dans du papier journal. J'ai vu faire sécher les peaux de lapin que le pharmacien rachetait à l'unité et, le dimanche matin, j'ai entendu les fanfares qui défilaient au son de la marche américaine de Souza.

Tout ça remontait du fond des âges.

Chez mon grand-oncle Félo, manger du poulet signifiait manger un poulet par personne, après le poisson et avant le rôti... Et je suis sans doute un des derniers à comprendre les chansons de Bruant sans dictionnaire. L'argot qu'il chantait, je l'ai entendu parler. Même si je n'ai jamais pratiqué le largonji ni le louchebèm, je sais ce que naquer du fla signifie.

J'ai grandi au XIXe, le siècle des odeurs.

Mon enfance sentait. Je pouvais remonter du rez-de-chaussée au sixième en fermant les yeux. En bas, ça sentait la cave et l'humidité, au premier, la viande de cheval, au deuxième l'Aveyron et le croque-mort, au troisième le médicament, au quatrième le lait suret, au cinquième la lavande de Mme Andrée et, au sixième, ça sentait bon, puisque c'était chez moi.

Le XIXe puait mais, finalement, je crois que je préfère la sincérité de cette puanteur à l'hypocrisie déodorante du XXe siècle. La merde qui sent la merde est moins pénible à renifler que la merde parfumée. Comme disait Artaud, « où ça sent la merde, ça sent l'homme ». La puanteur porte en nous notre préhistoire. Le jour où les êtres humains naîtront sans nez, ils naîtront sans mémoire.

Pour certains, c'est déjà le cas.

Si je pouvais échanger mes trois siècles contre un seul, je les donnerais volontiers contre un ticket pour la Renaissance à Florence ou à Rome... J'aimerais aussi me baguenauder au Ier siècle pour voir si Jésus était un petit gros transpirant ou un grand maigre aux yeux cernés. Et, tant que j'y suis, j'irais volontiers passer un moment avec les douze césars de Suétone, tous plus fêlés les uns que les autres. Je me ferais également volontiers transporter sous la Révolution française et mobiliser pour la Commune de Paris. Mais, de tous les siècles, celui que je préfère, c'est le temps paradisiaque où les femmes vivaient nues, joyeuses, épanouies en compagnie d'angelots fessus, doux comme des baisers tels qu'on les voit dans les musées. Le christianisme et son adoration d'un cadavre pendu a gâché bien des choses...

Les sœurs ne sont pas des filles

La République, dans sa sagesse élémentaire, avait fait ériger un haut mur bardé d'une porte de tôle noire pour protéger l'école des gentils garçons de celle des méchantes filles. Nous avions chacun notre côté, chacun notre cour de récréation. Nous ne devions pas nous voir, pas nous parler, surtout ne pas jouer ensemble. Et si l'on s'avisait de savoir pourquoi, les réponses tombaient comme à Gravelotte :

– Je t'en pose, des questions ?

– Si on te le demande, tu diras que tu sais pas !

– Allez, ripe tes galoches !

Les instituteurs, le directeur, l'assistante sociale, l'infirmière protégeaient les garçons des filles jusqu'à l'obsession. Tout contact était prohibé, puni, dénoncé. Que cachaient-elles donc de si redoutable sous leurs sages tabliers ? Étaient-elles affreusement contagieuses ? Propageaient-elles la peste, le choléra, le béribéri, le chancre des rotules ? Quels dangers recelaient leurs yeux trop jolis pour être honnêtes ? Que risquions-nous de si terrible à leur tirer les nattes, à leur pincer les fesses ?

Je n'avais qu'une idée en tête, qu'une envie : faire voler l'interdiction comme le foulard d'un illusionniste, découvrir le lapin blanc, la colombe ou l'as de pique caché de l'autre côté du mur.

Forte résolution.

Le dispositif, heureusement, avait ses failles.

Comme mes petits camarades, en trompant la surveillance des instits, je parvenais parfois à jeter un coup d'œil sous la porte ou sur ses côtés, par les minces espaces ouverts entre le mur et les gonds. Je voyais un bout de chaussure, une socquette blanche, parfois un œil, l'éclat d'un sourire, le bout d'un nez ; les filles n'étaient pas moins curieuses que nous. J'arrivais aussi à passer des mots par la serrure ou à les jeter roulés en boule au-dessus du mur en criant le nom de la destinataire : pour Edwige ! pour Maryvonne ! pour Solange !

Les filles avaient des noms comme on n'en fait plus...

L'envoi n'était pas sans risque.

Les filles sont réputées meilleures élèves que les garçons, et plus délicates. Je devais soigner le style, accorder mes désirs en genre et en nombre ; ne pas désaccorder les participes. Et surtout : je devais soigner l'orthographe, ne pas lancer « rander vou ru de la cloche », si je voulais avoir une chance. La réponse n'arrivait d'ailleurs jamais par retour du courrier. Elle nécessitait de formuler plusieurs demandes, de donner des détails, des précisions, de faire des serments, des compliments, des promesses. Il fallait écrire sans relâche, écrire encore, écrire, écrire, écrire... pour voir enfin tomber du ciel un « d'accord » à l'encre bleue sur papier quadrillé.

Rien ne prépare un jeune garçon à se retrouver soudain seul avec une fille. Je savais me battre, jouer aux billes, à tic et pat, aux osselets, faire l'araignée à la délo, me percher comme un chat, crier « pas le droit de retoucher son père ! », mais je savais pas quoi dire à celle qui m'avait rejoint derrière une porte, au fond d'une cave ou à l'abri d'une palissade de chantier. Une horrible crainte me sciait le ventre. La peur de prononcer un mot qui la ferait détaler, de risquer le geste qui la ferait appeler sa mère.

L'émotion me coupait le sifflet.

Pourtant, je n'avais pas froid aux yeux. Je ne craignais pas de vérifier de visu si les Asiatiques avaient la fente horizontale, si les Africaines l'avaient aussi rose que la langue, si les rousses l'avaient tachetée façon léopard, les brunes plus noire que le zan et les blondes si fine qu'il fallait y mettre le doigt pour la sentir. Je tournais, je virais, la fille dansait d'un pied sur l'autre jusqu'à ce qu'enfin, à force de « ça va ? », de « t'as de jolis cheveux, tu sais » et autres « il paraît que ta sœur fréquente », je me risquais à casser le morceau :

– Fais voir...

– Non, toi.

– Toi d'abord...

– Sois gentille...

– Qu'est-ce que tu me donnes ?

– Une bille ?

– C'est tout ?

– Tu veux un bouton aussi ?

– Comment ?

– Vert. J'ai même une pièce tordue...

– Fais voir la pièce tordue.

– Après tu montres ?

– D'accord.

Les plus compréhensives montraient sans chichi. Elles levaient le rideau et baissaient leur culotte, découvrant la tirelire dont elles gardaient la clef. Certaines le faisaient vite et se sauvaient sans même attendre qu'on en fasse autant. D'autres, au contraire, s'y prenaient très lentement, offrant cérémonieusement au regard le devant et le derrière. Je ne ratais rien de la cérémonie. Enfant, j'avais déjà – qu'à Dieu ne plaise – les yeux bien en face des trous. Dans ces instants magiques, j'aurais pu, à l'instar de ce prétendant au trône, sortant de la chambre où la reine venait d'accoucher, m'écrier d'enthousiasme : « Nous sommes sauvés, tout est fendu ! »

Les plus timides prétextaient une envie pressante et se laissaient observer, comme si de rien n'était, tandis que s'échappait de leurs lèvres d'en bas, serrées et roses, un « filet d'urine mièvre ». Mais, dans un cas comme dans l'autre, c'était donnant donnant. À son tour, il fallait sortir son Jésus sans barguigner ou arroser les papillons, l'air de ne pas y toucher. Nous étions pour l'égalité des sexes. Mais cette égalité est impossible : les filles ne voient pas le monde comme les garçons.

Cette divergence de vue sépare à jamais l'humanité en deux.

Quand mes petites amies s'accroupipissaient devant moi, leur regard s'envolait, embrassait le ciel, tout ce qui nous entourait. Elles regardaient à droite, à gauche, en bas, en haut, rien ne semblait assez vaste pour rassasier leurs yeux. Je savais qu'au contraire, quand viendrait le moment de m'exécuter, je regarderais mes pieds, épaules lourdes, tête basse, entièrement tourné vers moi-même, au point parfois de me croire invisible.

L'homme pisse à l'égoïste, la femme avec prodigalité. L'homme ne sort qu'un petit bout de lui-même, la femme s'expose à tous vents. Inutile de chercher ailleurs la source de l'incommunicabilité entre les sexes. Où la femme s'ouvre et lâche l'eau, l'homme se ferme, traînant à son cul ce reste de terre d'où Adam fut tiré. Ce n'est pas pour rien si, dans le langage populaire, de toute éternité, les filles sont des « pisseuses » et les garçons des « merdeux ». C'est vrai que je me suis souvent senti merdeux devant les filles, devant leur générosité, leurs largesses, l'éclat de leurs yeux où le ciel se reflète, alors que les miens n'expriment que la mélancolie d'être ce que je suis.

La séparation entre l'école des garçons et celle des filles, ce refus laïque de la mixité, paraît aujourd'hui sinon scandaleux, du moins déplacé. Il était en réalité très astucieux ; de haute pédagogie, même. Tant que nous pensions à franchir le mur de notre curiosité, nous ne pensions pas à faire des conneries. Percer l'insondable mystère de l'autre moitié du monde nous occupait l'esprit à temps complet. La semaine comme les jours fériés. Sans débander.

Combien de fois me suis-je fait surprendre en train de rêver :

– À quoi tu penses ? Au cul d'Hortense ?

Pour voir les filles, leur plaire, leur parler, nous étions prêts à tout. Même à être attentifs aux règles de grammaire, à la calligraphie des pleins et des déliés. Prêts à peaufiner le style d'une invitation sans mots grossiers ni expression trop crue de nos désirs. La civilisation nous entrait dans la tête par le trou de la serrure d'une porte en tôle. Et des mots d'amour à l'amour des mots, il n'y avait qu'une porte à pousser...

Les jeux d'eaux de l'enfance, la prime découverte de la grande différence, les après-midi d'été où je préparais médecine en auscultant des fillettes du même âge que moi me valurent un diplôme en chocolat. Je pouvais désormais me mettre en quête d'une femme, une vraie, pas une pisseuse. Voir ce à quoi ressemblait une gonzesse, une poule, une régulière.

Ce fut un long travail d'investigation...

J'ai un frère, je ne peux pas lui en vouloir, mais de ce côté-là il ne pouvait vraiment rien pour moi.

Ceux qui avaient des sœurs ne semblaient pas mieux lotis :

– Les sœurs ne sont pas des filles, m'avait affirmé l'un d'entre eux, l'air accablé.

La consultation du Larousse médical ne fut pas très édifiante, et même vaguement dégoûtante. Les femmes avaient des boyaux, des poumons, des os, des nichons et un gros popotin, mais ça, je le savais déjà. L'étude d'ouvrages plus spécialisés, comme *Paris Hollywood* ou *La Vie au grand air*, ne fut guère plus concluante. Il y avait des blondes, des brunes, des rousses, mais il y avait toujours une main placée au bon endroit, un branchage, une fleur ou un bout de colonne antique, quand Anastasie ne leur grattait pas tout simplement le bas du ventre. Jacques le Fataliste se lamentait avec moi : les femmes n'ont rien, rien !, tant l'étude livresque montrait ses limites.

Mais il en fallait plus pour me décourager.

Malgré mes revers, mes déceptions, mes défaites, la foi ne m'abandonnait pas. Ce n'était pas la quête du Graal, mais presque. J'étais le chevalier errant des squares, scrutant une à une les déesses, les allégories de pierre dont le ventre froid ne m'apprenait rien. J'étais Merlin déchiffrant comme un grimoire cinq volumes de l'histoire de l'art édités par le Reader's Digest, j'étais Gauvin, Lancelot, la lance en bataille pour une inaccessible Guenièvre...

Après un mois d'efforts, j'étais surtout Gros-Jean comme devant.

Je n'en savais pas plus qu'au début de mes recherches. Enfin si, j'avais tout même découvert que les femmes avaient des poils là où les filles n'en ont pas. Sous les bras, par exemple. Avec mon copain Colas, nous avions d'ailleurs essayé d'apercevoir une femme à poil tandis qu'elle se changeait à l'abri d'une cabine en toile sur la plage des Sables-d'Olonne. Je me souviens plus des coups de pieds au cul reçus en la circonstance que des pilosités que nous avions pu surprendre.

En vérité, je ne me souviens pas de la première femme que je vis entièrement nue en ayant conscience que c'était une femme et qu'elle était nue. Sans doute avais-je dû voir ma mère dans cette tenue, au moins à ma naissance ? Mais l'image ne m'était pas restée. À quinze ans, je ne vis même pas nue la première avec qui je fis l'amour. Il faisait nuit et nous avions gardé nos vêtements afin de filer à la première alerte. Sans doute me fallut-il patienter un an encore, voire deux, avant de découvrir Ève dans sa nudité paradisiaque, avec forêt et sous-bois, buisson ardent, œillet froncé et rose en bouton. Mais, même si je souffris les tourments de l'attente, cette épreuve ne fut pas vaine, car aujourd'hui encore le spectacle d'une femme nue demeure le seul véritablement capable de m'enchanter.

Le jeudi, nous nous partagions entre ceux qui allaient au patronage laïque faire du patin à roulettes et voir des films de Laurel et Hardy, et ceux qui allaient au patronage Saint-Pierre faire de la trottinette et de la bondieuserie.

Entre nous, c'était la guerre.

Il y avait les cocos et les cathos, subdivisés en plusieurs courants : ceux qui écoutaient Zappy Max et ceux qui préféraient « Signé Furax », les partisans de Jacques Anquetil opposés à ceux de Raymond Poulidor, les tenants de Reims et ceux du Racing...

C'était simple et compliqué comme la démocratie.

Nous réglions nos différends religieux, politiques, sportifs et culturels à coups de cartable, en haut de la rue de Ménilmontant ou dans le petit passage de la rue de la Bidassoa. Ce n'était pas bien méchant : pim ! pam ! poum !, une béquille, une torsion de couilles à l'américaine, et tout le monde se sauvait en courant. Surtout que, dès le vendredi, les belligérants de la veille redevenaient copains en classe.

Un nouveau mot avait été mis en circulation par ceux qui allaient faire leur communion, le mot « masturbation ». Tout le monde savait que celui qui faisait le con chez les curés avait droit à une fessée dans un placard, la confession. Dans un premier temps, j'en déduisis que la masturbation devait être quelque chose du même tonneau. Peut-être un exercice spirituel après la correction et avant la confirmation que plusieurs, partant en retraite avant l'âge, préparaient avec ferveur. Un plus dégourdi me détrompa :

– Que t'es con ! T'as jamais eu la gaule ?

Je ne savais que répondre. L'expression m'évoquait nos ancêtres moustachus et la pêche à la ligne. Je ne pensais pas à mal.

Je dégageais en touche, par prudence :

– Pour qui tu me prends ?

– Eh ben quand tu t'astiques, c'est ça, se masturber...

– Tu déconnes...

– J'te jure ! Même les curés le font !

Je pris l'air du type qui a tout compris et je m'éloignai avant qu'il ne remarque le trouble où il m'avait jeté. J'étais masqué. Tout cela n'avait aucune réalité pour moi. C'était hermétique, codé. Honnêtement, je ne m'étais jamais astiqué. Je me lavais bien tous les soirs dans la cuisine, mais sans enthousiasme excessif. Rien de comparable en tout cas avec l'énergie frénétique que déployaient mes parents pour astiquer les cuivres hérités de ma grand-mère. Fallait que ça brille, que ça reluise, sans mégoter sur l'huile de coude. Je me promis d'essayer de me faire reluire dès que nous irions aux douches municipales avec mon copain Colas.

Effectivement, le samedi suivant, dans la cabine que nous partagions, dans l'établissement thermal de la rue de la Bidassoa, Colas m'aida à m'astiquer. Il me donna même un sérieux coup de main.

Résultat : si ce n'était pas de l'huile de coude, ça y ressemblait.

En sortant, j'étais lessivé.

L'expérience était concluante : s'astiquer faisait reluire. Restait à la réitérer pour en confirmer le caractère scientifique.

Sitôt dit, sitôt fait.

Une fois par semaine, avec l'école, nous allions à la piscine. Le maître-nageur (une maîtresse femme) nous apprenait la brasse de compétition, le crawl, le dos et, pour les plus doués – j'en étais –, les rudiments de la nage papillon. Mais dans les vestiaires, nous n'avions plus besoin de leçons pour nous tirer sur le lacet en pensant à elle. Nous ne manquions ni de jus ni de force du poignet. Nous faisions même preuve d'un remarquable esprit de compétition.

La vie n'est faite que de premières et de dernières fois. Les premières on les exagère, les dernières on les ignore. La première fois que j'ai fait l'amour, je n'avais qu'une notion assez vague de ce qui m'attendait. J'étais innocent, comme on dit.

Mais de quoi peut-on être coupable quand on fait l'amour ?

Comme je passais toutes mes vacances dans une ferme, j'avais vu la vache conduite au taureau, le coq grimper sur des poules et même un verrat saillir une truie (démonstration inoubliable !). Par ailleurs, les hommes appelaient volontiers leurs femmes « ma poule » ou « ma cochonne » et leur claquaient les fesses, jurant de les emmener « au bonheur ». J'étais serviable, j'aimais les animaux, je me sentais prêt à emmener une poule cochonne au bonheur.

Celle qui dirait oui la première ferait l'affaire.

Je ne posais aucune condition. Peu m'importait qu'elle soit grande, petite, grosse, maigre, belle ou laide. Il me suffisait qu'elle veuille. Celle qui voulut bien de moi devait penser la même chose. Qu'importe qu'il soit blond ou brun, musclé ou bedonnant, aimable ou violent, pourvu qu'il soit le premier et qu'il puisse. Car l'homme, c'est sa faiblesse, doit non seulement vouloir, mais pouvoir. Dix fois j'avais entendu assener :

– Il est plus difficile de lever le bras que d'ouvrir la bouche...

Tout se passa très vite, un soir de fête champêtre. Les manèges tournaient, les buvettes ne désemplissaient pas, l'orchestre jouait des paso doble, des rumbas, des mambos, des cha-cha et même du charleston... Dans la nuit musicale, un trou de verdure accrochant follement aux herbes des haillons d'argents nous servit de lit vert où la lumière pleut.

– Tu m'aimes ?

– Devine...

– Dis-moi que tu m'aimes.

– Bien sûr que je t'aime.

– Tu ne me feras pas mal ?

– Je ferai doucement...

Comment aurais-je pu faire autrement ? J'étais aussi vierge qu'elle, aussi troublé, aussi tremblant.

– Jure-moi de faire attention, murmura-t-elle, dans une ultime hésitation.

– T’inquiète, je sais m’y prendre...

Elle fit semblant de me croire et me laissa n’en faire qu’à ma tête. Si on n’est pas sérieux quand on a dix-sept ans, quand on en a quinze, on n’est pas prudent...

Pater, Vantrou, Penna

Un coup de dé jamais n'abolira le hasard qui fit que Pater et moi, nous nous retrouvâmes assis côte à côte au collège Gambetta.

Son père le surnommait « cannes de serin », « tige de frein », « bec d'ombrelle », « la volige ». C'était un courant d'air : toujours sorti, jamais rentré. Pater était le leader maximo du parti des absents, un ardent partisan du moindre effort. L'état civil retenait « Paternoster » mais, fît-il le Jacques comme son prénom, nul ne l'appela autrement que « Pater ». Souvent je me suis demandé ce qu'était devenu ce « Noster » oublié. Où était-il ? Que faisait-il ? Qui était-il ? Allait-il soudain réapparaître, telle la statue du Commandeur, ou, comme Lazare, sortir du tombeau réclamer cette vie dont il avait été exclu ? Noster était-il pour Pater ce que Mr. Hyde était pour le Dr Jekyll ? Son double malfaisant ou, au contraire, son ange gardien ? Pater vit sa vie avec ce membre amputé de son nom qui, à n'en pas douter, le travaille au corps.

D'après le célèbre détective Nestor Petra qui a mené l'enquête, ce ne peut pas être Pater qui, par crises, se met à apprendre l'anglais grâce à la méthode Assimil, encore moins celui qui, grâce à la méthode Dadi, entreprend l'étude de la guitare. Pater n'est pas un homme méthodique, ce doit être Noster qui l'est pour lui. Noster qui prend dictionnaires, encyclopédies, méthodes, manuels pour des animaux de compagnie. La preuve : je n'ai jamais vu Pater sortir en laisse le petit Robert ou le grand Littré, ni changer la caisse des Difficultés de la langue française.

Vantrou, lui, ressemble à son père. Même sourire en coin, petites lunettes, calvitie primaire. Il est l'inventeur d'une géographie universelle qui, enfin, abolit toutes les frontières. Pour lui, sortir de Paris, c'est aller à Dache, et dépasser la proche banlieue, c'est partir pour Santa Merde.

Si on lui demande :

– Où on va ?

Il répond :

– À Dache.

Et même si l'on ne sait pas où c'est, on peut être sûr qu'on y va.

Quand ça se complique, inutile de s'inquiéter :

– T'es sûr que c'est par là ?

Si on ne veut pas s'attirer le cinglant :

– J'en sais rien, c'est à Santa Merde !

Avec lui, aucun risque de se perdre.

Pour Vantrou, il y a Paris (au centre), Dache (quelque part plus loin) et Santa Merde (partout ailleurs). Cette Sainte Trinité géographique veille sur l'humanité réunie en une seule nationalité : les pékins. Il y a les pékins de Dache et ceux de Santa Merde, mais entre eux, aucun risque de guerre, puisqu'ils n'arrivent même pas à se rencontrer. Déjà d'aller à Dache, c'est loin, mais poursuivre jusqu'à Santa Merde, on ne peut même pas l'imaginer. C'est un monde sans cesse en mouvement où les pays, les continents se déplacent comme les oiseaux dans le ciel, les poissons dans la mer. Impossibles à situer, impossibles à attraper. C'est la révolution à l'état pur, tout tourne, rien n'est jamais fixé, surtout pas les poteaux indicateurs, les bornes kilométriques, les écriteaux annonçant le nom des villes. Un seul problème se pose : aller à Dache c'est bien, mais on ne peut pas y rester.

À peine arrivé, combien de fois ai-je entendu Vantrou demander :

– Bon, qu'est-ce qu'on fait ? On se tire ? On ne va pas faire le réveillon ici...

C'est vrai que nous n'avons jamais réveillonné à Dache. À Santa Merde non plus. Ni à Pétaouchnock, ni au diable Vauvert. Mais à Paris, oui, nous y avons réveillonné, et jamais l'idée ne nous est venue de nous en tirer.

Pour tout dire, je suis allé ici et là. Souvent ici, rarement là. Non pas que je n'aime pas voyager, mais je souffre de Pariphilie. Si je m'éloigne de Paris, j'ai le sentiment de lui manquer. Sans moi, Paris n'est plus vraiment Paris. La ville souffre de mon absence et sa souffrance me fait souffrir. Même à distance. De fait, je m'éloigne rarement de la capitale. Pour aller où ? Dans des villes improbables, des campagnes boueuses, des déserts balisés ? Et pour voir quoi ? Un ciel d'azur lugubre, d'obèses montagnes, d'affligeantes perspectives ? Mieux vaut rester à Paris où l'œil s'enchante à chaque pas, où chaque fenêtre est un poème, une promesse, une énigme. Où le promeneur se rassasie des rues, des boulevards, des avenues jusqu'à se croire au centre de la terre.

Avec ma mère, j'allais voir les films de Gérard Philipe. Avec Mme Andrée, notre voisine du cinquième, ceux de Jean Marais. Avec ma tante Suzanne, ceux de Bourvil et de Fernandel. Avec mon père, je voyais ceux de Laurel et Hardy, de Chaplin, de Buster Keaton, d'Harold Lloyd, les westerns, les films de gangsters et ceux de Jacques Tati. Mais c'est avec Jacques Penna, dit Jackie, le Steve McQueen de la rue Ramponneau, que je suis vraiment allé au ciné.

Penna voulait tout voir.

Avec lui, je n'ai rien raté des dernières sorties en exclusivité, des péplums, des films d'horreur projetés au Styx ou au Brady (le cinéma où la caissière et les ouvreuses étaient plus effrayantes que le film ; la Gorgone, la Momie, c'étaient elles !), des films de science-fiction, des comédies musicales américaines ou égyptiennes, des films de cape et d'épée, des documentaires canadiens, des farces italiennes, des films anglais, espagnols, grecs, turcs, russo-roumain-moldavo-bessarabiens, égyptiens, chinois, patagons, sous-titrés ou non, muets ou parlant, en noir et blanc ou en couleurs...

Avec Penna, j'ai même vu, au balcon du Trianon, un type se branler sur l'orchestre pendant *Target Zero*, un film sur la guerre en Corée d'Harmon Jones, avec Richard Conte, Charles Bronson et Chuck Connors.

C'est dire si j'ai tout vu.

Mais cela ne suffisait pas.

Penna m'emmenait aussi à la Cinémathèque. Nous y passions des journées entières, de quinze heures à vingt-quatre heures. Si nous rations le dernier métro pour ne pas rater la fin d'un film de Mizogushi, nous devions rentrer à pied de Chaillot à Belleville... Du Trocadéro, nous coupions par la rue Pierre-Ier-de-Serbie, rue Pierre-Charron pour traverser les Champs-Élysées, puis rue de La Boétie direction les grands boulevards, que nous remontions jusqu'à République avant de longer le Père-Lachaise pour arriver à Gambetta, une heure ou une heure et demie plus tard.

En marchant, nous parlions des films que nous venions de voir – ce qu'il faudrait toujours faire –, mais notre tête était en l'air. Paris se marche la nuit au rêve de ses fenêtres. Hautes fenêtres des beaux quartiers, petites fenêtres sous les toits des ouvriers, fenêtres étroites, fenêtres larges, fenêtres rondes, cyclopéennes, yeux de lumière qui nous surveillaient comme ceux d'un dieu caché, le dieu du cinéma. Nous imaginions entrer ici, entrer là, nous glisser dans l'inattendu d'une autre vie. S'inviter à la table d'une famille, se découvrir des enfants, des parents, surprendre une femme à son coucher, se glisser dans son lit, passer de l'autre côté de l'écran...

Qui n'a joué à ce jeu-là ?

La clef

Contrairement à une idée largement répandue, le but premier de l'école laïque, gratuite et obligatoire n'est pas de faire acquérir des connaissances aux enfants qui lui sont confiés. Le but de l'école n'est pas d'instruire, mais de distraire. Les connaissances sont offertes en prime, en extra, en option. Avant tout, l'école offre aux élèves deux biens inestimables : des copains d'école et, grâce au corps enseignant, un spectacle vivant de qualité, une troupe d'amuseurs dont le souvenir reste à jamais gravé dans les mémoires...

De ce point de vue, je n'ai qu'à me louer de ma scolarité.

Colas, Pater, Vantrou, Penna et mes autres amis sur les bancs de la communale puis du collège le sont encore aujourd'hui. Je me souviens parfaitement des numéros de mes professeurs comme des meilleurs sketches de Zavatta ou de Fernand Raynaud.

Seuls les profs les plus bêtes, les pires, les plus nuls, les plus gâteux, les délirants, les débiles, les séniles passent à la postérité. Les autres, ceux qui font bien leur métier, on les oublie, parce que, au fond, ils trahissent leur mission : ils ne laissent rien, pas un souvenir, que des notes. Avant, les hommes racontaient leur service militaire et les femmes leurs accouchements.

Désormais que le service militaire est supprimé, sans l'école, qu'auraient les hommes à ressasser ? Pour les femmes, c'est différent, l'accouchement reste de saison. Sans compter qu'elles ont toujours quelque chose à dire.

Dans le catalogue d'un festival de films, j'ai lu le titre d'un documentaire : « Quelques types de singes », nomenclature simiesque dans laquelle je classerais volontiers M. Jeunet, coupe en brosse, moustache à l'identique, pataugas et cravate à ressort, qui se fit mordre par Pater pour avoir eu l'idée saugrenue de lui arracher le chewing-gum qu'il mâchait pendant la chorale, M. Elnaud, qui ratait systématiquement ses expériences de chimie, avouant d'un air désespéré :

– Mes pauvres enfants, je tremble...

M. Tridot, béret, pull jacquard, portant beau, faisant cours de géologie en nous passant ses propres diapositives. En souvenir de lui, en voyage, je n'emporte jamais d'appareil photo dans mes bagages. Ça m'amuse de voir les autres portraiturer Papamaman devant les beaux paysages, résoudre le célèbre problème : comment faire tenir en entier la belle-mère et la falaise. Grand singe, M. Moulon nous faisait recopier des dizaines de pages au porte-plume, corrigeant un à un nos pleins et nos déliés, donnait des notes négatives de conduite – Pater obtint des scores impressionnants –, nous répétait vingt fois par jour « mes petits amis, ça va changer », et nous foutait à la porte en nous ordonnant d'aller planter notre poireau ailleurs...

Pour ce qui est d'aller planter mon poireau ailleurs, j'y suis allé. Pour le changement, j'attends encore.

Singe aussi à part entière, M. Motte, Morvandiau qui

nous enseignait l'anglais sans jamais prononcer un mot de cette langue. Il s'en tenait à celle de Molière. Tartuffe me permit ainsi de me tailler un joli succès en excusant l'absence de mon voisin : « Il a été malade jusqu'au soir, avec un mal de tête étrange à concevoir, pauvre Quemeneur... »

Pauvre M. Motte, en fait.

Si M. Motte ne nous parlait pas l'anglais, il l'écrivait volontiers au tableau noir. Et cela devait lui paraître si extraordinaire qu'il avait pour manie d'affirmer l'importance de ses écrits par de vigoureux ramponneaux against the blackboard. Penna et moi – qui ne suis pourtant pas bricoleur –, cours après cours, à l'aide d'une lame de scie à métaux, nous avons méthodiquement entamé les clous qui retenaient le bois. Ce fut une longue patience, jusqu'au jour où « Speak, spoke, spoken », M. Motte frappa les trois coups d'une pièce magnifique où le décor s'effondra dans un nuage de poussière de craie tandis que l'acteur principal lançait des glossolalies, entamant sur un pied la danse du scalp.

Théâtre de la cruauté...

Une autre fois, c'est la pendule que nous avions glissée dans son cartable. Entendant un tic-tac suspect, il n'hésita pas à le jeter par la fenêtre. Une autre fois encore, c'est un trognon de bougie que nous avions placé allumé sous sa chaise, histoire de lui chauffer les miches. Le jeu en valait la chandelle. Il faillit virer au drame. M. Motte, qui portait une blouse en Nylon bleu, eut soudain un peu plus que le feu au cul (en anglais, *butt on fire* ?). Ce n'était pas Joan of Ark ni la torche humaine, mais c'était suffisant pour que le directeur nous condamne collectivement à recopier au porte-plume *Le Cid*, du premier au dernier vers, de l'emblématique : « Elvire, m'as-tu fait un rapport bien sincère ? » au non moins significatif : « Laisse faire le temps, ta vaillance et ton roi »...

Il eût été sans doute plus judicieux de nous faire recopier du Shakespeare ou du Marlowe...

Cependant, je dois reconnaître que c'est grâce à ce directeur corse, lavant l'honneur d'un professeur d'anglais à coups de vers de Corneille, que je découvris l'extrême beauté de ce théâtre français.

Je dois aussi à ce directeur un grand moment du théâtre de l'absurde.

Dans le couloir qui conduisait à notre classe, M. Motte disposait d'une penderie aménagée dans l'encadrement d'une porte condamnée. Tout juste de quoi suspendre son manteau et y ranger sa blouse. Ce fut un jeu d'enfant de profiter de son changement de costume pour le pousser au fond et fermer à clef. M. Motte resta prisonnier plus de vingt minutes, hurlant, cognant, appelant au secours tandis que, sagement assis à notre place, nous l'attendions sans bouger.

Comme il se doit à des élèves bien élevés.

Une fois encore, le directeur nous fit descendre dans son bureau et aligner comme au régiment. Il énonça lentement l'acte d'accusation. M. Motte avait été enfermé à clef. La clef qui avait servi à accomplir le forfait avait disparu, jetée ou dissimulée par le ou les coupables. Le cours d'anglais n'avait pu avoir lieu. Le préjudice était énorme : humiliation d'un professeur, entrave à la liberté du travail, destruction d'un placard, perte d'une précieuse clef. Il en appela au sens civique de chacun et demanda aux auteurs du crime de se dénoncer, ou à d'éventuels témoins de les désigner.

– J'attends, dit-il, remontant notre rang.

Il nous dévisagea un à un, scrutant dans nos yeux l'embryon d'un aveu. Personne ne moufta. Juste retour des choses : nous opposions à un Corse la règle de l'omertà...

Une femme de service, abusée par notre silence, fit alors son entrée. Elle tendit triomphalement un coupon de tiercé au directeur :

– Vous me devez six francs !

Le rire nous libéra d'un seul élan. Ah Marinella tchi tchi, qu'avais-tu fait là ? Judas, avec ses trente deniers d'argent, n'avait pas fait pire !

La morale à six francs, vraiment, ce n'était pas cher...

Notre censeur la chassa d'un revers de main :

– Plus tard !

Pour l'heure, tout était à refaire.

Courageusement, il reprit sa croix :

– Quand j'avais votre âge, dit-il évoquant sa jeunesse à Ajaccio, on me confiait la clef...

(*un temps*)

– Quelle clef ?

(*un temps plus long*)

– La clef pour ouvrir la porte...

Beckett, Ionesco, Adamov n'ont pas mieux décrit le désarroi de l'homme moderne devant l'absurdité du monde qui l'entoure. Monde tel un placard qu'il ne peut jamais pénétrer, faute d'en avoir la clef...

Checkpoint Prisu

Dans la jungle, terrible jungle, le soir, les bêtes sauvages se retrouvent au point d'eau, pour boire.

Pater, moi et les autres retrouvions les filles du quartier au rayon « disques » du Prisunic Pelleport. Nous venions en délégation, trois ou quatre d'un côté, trois ou quatre de l'autre.

Checkpoint Prisu.

On s'observait, feignant de s'ignorer, se parlant par disques interposés. Il n'y avait que l'embarras du choix. Quand Adamo disait : « Laisse mes mains sur tes hanches », Polnareff précisait : « Je veux faire l'amour avec toi ». Si Marie Laforêt répondait « Viens, viens sur la montagne », pour les Beatles, c'était évident, « She loves you, yé yé », même si Guy Mardel conseillait de rester prudent : « N'avoue jamais que tu l'aimes ». Et quand Sylvie avouait qu'elle voulait être la plus belle pour aller danser-é-é-é, Frank Alamo pouvait lui déclarer : « Biche ô ma biche, lorsque tu soulignes, au crayon noir tes jolis yeux. Biche ô ma biche, moi je m'imagine que ce sont deux papillons bleus... »

Et ainsi de suite, jusqu'à ce que Graeme Allwright nous rappelle que le Prisu fermait et qu'il était temps que l'on s'en aille...

Tous les samedis après-midi, laissant la plage aux romantiques, nous allions « en boîte », une expression qui me faisait bien rigoler. Pour suivre la bande et ne pas faire banquette, j'appris à danser le rock à l'aide d'un « Marabout Flash » : « En fait, c'est un be-bop simplifié, au rythme très marqué, et où les moments de tension et de flexion sont remplacés par des mouvements de hanche. On compte un mouvement de jambe par temps. La jambe qui se déplace est toujours fléchie, l'autre restant tendue. » Avec ça, j'étais paré. D'autant que pour s'entraîner, il y avait des pas dessinés avec des numéros qu'il était conseillé de reproduire sur le sol en suivant le tempo.

Il y avait aussi les dix points à observer sans faute :

– *Évitez de faire de trop grands pas.*

– *Servez-vous de vos mains.*

– *On danse avec les jambes, bien sûr, mais on danse surtout avec les reins.*

– *Prenez garde à vos genoux !*

– *Évitez toute raideur dans le port de la tête.*

– *Ne compliquez pas inutilement les pas de danse.*

– *Les convenances doivent être respectées.*

– *Il importe d'être souple.*

– *Quand vous dansez, ne pensez jamais que vous dansez.*

– *Lorsque vous invitez à danser, faites-le avec simplicité, restez naturel.*

Je suivis ces préceptes à la lettre, m'appliquant à éviter de faire de trop grands pas, à rester souple, à prendre garde à mes genoux et à mon port de tête. J'acquis ainsi une méthode infaillible pour danser sans jamais penser que je dansais. Mes partenaires en savent quelque chose. Pour emballer les filles (autre expression à étudier), j'étais un adepte de la formule « trois rocks, un slow ». Une fois en boîte, sans compliquer inutilement les pas de danse, il suffisait de se dépenser (trois rocks) puis de se reposer (un slow) sur l'épaule de la fille :

– Tu sais que tu ressembles à ma sœur ?

– Ah bon, t'as une sœur ?

– Non, mais si j'en avais une, je voudrais qu'elle soit comme toi !

– Que t'es bête...

– Non, j'te jure, c'est vrai.

– Je ne te crois pas.

– Parole d'homme.

– Tu me trouves comment ?

– Je te regarde, et c'est comme si plus rien existait...

Je ne mentais pas. Pour danser, j'enlevais mes lunettes. Au-delà de vingt centimètres, tout était flou pour moi...

À propos du slow, « Marabout Flash » conseillait : « Votre corps sera détendu, décontracté. Le slow se danse en effet en souplesse et avec grâce. »

À l'impossible, nul n'est tenu.

Je faisais ce que je pouvais. L'endurance, chez moi, a toujours compensé la souplesse et la grâce :

trois rocks, un slow...

deux rocks, deux slows...

un rock, trois slows...

Je ne me fatiguais jamais, jusqu'à ce que j'obtienne un baiser que j'attendais.

– Embrasse-moi...

– Ici ?

– Ici, c'est chez nous.

– Mais on peut nous voir !

– Ferme les yeux...

Conter fleurette, c'était bien beau mais, quitte à étudier la botanique, j'étais impatient d'effeuiller la marguerite et de cueillir la rose de la vie avant qu'un autre la cueille avant moi. Malheureusement, à cet âge crucial où les filles « sautent le pas », elles allaient souvent par deux.

Plus d'une fois, la bouche en cœur, ma petite amie me glissa :

– Ça ne t'embête pas que ma copine vienne avec nous...

Dès lors, inutile d'espérer sauter quoi que ce soit : la soirée était fichue, autant effeuiller un chrysanthème.

La copine est un prédateur féroce qui s'accroche, s'agrippe, sans jamais lâcher sa proie. C'est une méduse, une murène, une pieuvre qui ventouse et résiste à toutes les tentatives de largage en pleine mer. C'est une plaie vivante qui, comme Zorro, surgit hors de la nuit et signe l'horizon de vos amours d'un Z, qui veut dire zéro.

Version contemporaine de la duègne ou du chaperon, la copine est, dans l'immense majorité des cas, beaucoup moins bien que celle que l'on désire. Souvent, elle est même carrément moche, idiote et hypocrite. Sans compter qu'elle peut être grosse et porter des lunettes. Surtout, elle est toujours là. Elle stagne au café, mijote au cinéma, pèse de tout son poids quand on s'embrasse, quand on se caresse, quand on se chuchote à l'oreille :

– T'as lu le « Marabout Flash » sur les trente-six positions ?

Elle colle, elle s'incruste, jusqu'au jour où l'inévitable se produit. Votre petite amie vous suggère de l'embrasser.

– Quoi ?

– Allez, sois sympa. Elle veut bien...

Manquerait plus qu'elle ne veuille pas.

– Maintenant ?

– Ben oui, pas à la saint-glinglin !

Levée en vain d'un bouclier :

– T'es pas jalouse ?

– Au contraire, ça me fait plaisir...

Et, argument définitif :

– Tu sais, elle n'est jamais allée avec un mec.

Mieux vaut éviter de se tourner vers le ciel en se griffant les joues, en s'arrachant les cheveux :

– Pourquoi ça tombe sur moi ? Qu'est-ce que j'ai fait pour mériter ça ?

Si l'on veut s'épargner la fameuse scène :

– T'es qu'un salaud ! Un égoïste ! Si tu n'aimes pas ma copine, c'est que tu ne m'aimes pas ! Va-t'en ! Tire-toi, je ne veux plus te voir !

Pour ne pas risquer de perdre sur tous les tableaux, pour faire plaisir à la fille qu'on aime, on s'exécute *(sic !)*, on embrasse miss Crampon en fermant les yeux, priant que personne ne nous surprenne en train de faire notre B. A. Et, soudain, surprise, miracle, émotion, la grosse hypocrite à lunettes de la Sécurité sociale vous remue jusqu'au tréfonds. Une sensation inconnue jusqu'alors. Il fait chaud, il fait froid. Le cœur s'emballe, la tête tourne, le souffle manque. Même « Marabout Flash » n'avait pas prévu cela. On craque son pantalon. C'est Broadway, c'est Hiroshima. C'est l'éruption du Vésuve engloutissant Pompéi. On vient de comprendre qu'il n'y a pas de filles moches ni de femmes laides, que la beauté de nos amours est toujours à inventer...

Tant de tantes

À part mon frère, en fait de famille, j'ai surtout eu des tantes ; des tantes certifiées et des tantes de la main gauche, comme ma tante Lucie, qui était en réalité la sœur de l'amant de ma grand-mère. Ou la tante Plume, qui vivait à la colle avec mon grand-oncle Félo.

La tante Plume souffrait d'un petit dérèglement hormonal qui lui provoquait un développement anarchique du système pileux. En clair, sans entrer dans les détails, si la tante Plume avait du poil partout où il est légitime d'en trouver chez une femme, elle en avait aussi ailleurs, et en quantité ! Elle en avait notamment sur les joues, sur le menton, sous le nez. Comme elle était très coquette et que cela la chagrinait, tous les matins, avant que la maisonnée soit réveillée, elle prenait un soin maniaque à se raser avant de se maquiller avec délicatesse.

À l'occasion d'un 1er mai, ma tante Plume et mon oncle Félo m'avaient emmené passer quelques jours chez le cousin à la jambe de bois qui vivait dans une petite bicoque à colombage près de Lisieux. Que se passa-t-il exactement ce matin de la fête du Travail où le voisin fut retrouvé raide mort, le pantalon de pyjama aux chevilles, dans une bordure de primevères ?

Nul ne peut le dire avec certitude.

On peut simplement conjecturer qu'à l'heure où l'aurore aux doigts de fée rosit la campagne, l'homme était sorti de chez lui pour satisfaire un besoin naturel et avait surpris tante Plume torse nu, se rasant devant la glace. Une vision qui lui avait provoqué une commotion si forte qu'il n'y avait pas survécu.

Ma tante Yvonne, elle, était l'épouse légitime de mon grand-oncle Maurice. C'est elle qui fait un passage remarqué dans *Ballon rouge*, d'Albert Lamorisse... Ma tante Louise était la femme du frère de mon père, l'autre Maurice de la famille. Ma tante Renée était la femme de mon oncle Robert, le frère aîné de ma mère, et j'avais adopté la tante Zézette, la tante de Pater. Mais, de tant de tantes, ma préférée était ma tante Suzanne, la sœur aînée de ma mère. Mariée très tôt, divorcée sans enfant, ce n'est pas mentir d'affirmer qu'elle fut pour moi une seconde maman. Elle me trouvait toutes les qualités. Tout ce que je pouvais faire ou dire avait toujours grâce à ses yeux. Elle m'habillait, me sortait au cinéma, m'emmenait en vacances et me glissait la pièce autant de fois qu'il fallait, sous prétexte que « tout travail mérite salaire ».

La tante Suzanne passait pour être plus ou moins gaulliste. Elle s'était fait tirer dessus à la Libération pour s'être précipitée acclamer son grand homme un peu trop vite. Ça mis à part et l'achat d'un livre pour enfants retraçant la carrière du général, je ne l'ai jamais vue se mêler de politique. Si c'était une gaulliste, c'était une gaulliste rentrée. Elle était aussi plus ou moins catholique, s'étant fait baptiser à l'âge adulte après une crise mystique. Mais là non plus, je ne l'ai jamais vue aller à la messe, réciter une prière ou lire la moindre littérature religieuse. Si c'était une catholique, c'était une catholique cachée. En revanche, c'était une excellente nageuse et une marcheuse infatigable, une championne méritant largement la croix de Lorraine et la médaille de la Vierge.

Suzanne travaillait avenue de l'Opéra, dans une maison très chic où elle tenait le poste de standardiste.

Quand on téléphonait, c'était ma tante qui répondait :

– Price Waterhouse, j'écoute...

À cinq heures, une de ses collègues aux cheveux blond platine savamment ondulés venait servir du thé et des biscuits. J'en profitais souvent. Comme je profitais de mes visites pour la taper d'une pièce ou d'un billet. J'avais toujours un film à voir, un livre à acheter, une faim qu'un petit gâteau sec ne saurait apaiser...

Ma tante Suzanne se piquait d'être couturière. Chaque semaine, elle achetait *Modes et Travaux*, une revue qui offrait à ses lectrices le patron d'un modèle à faire soi-même. C'était délicat. Le patron, en papier de soie, devait être soigneusement épinglé sur la pièce de tissu. Tout était prévu : le devant, le derrière, la longueur de l'ourlet, la place des emmanchures...

La première chose à faire était d'aller au marché Saint-Pierre choisir l'étoffe. Plusieurs étaient conseillées par le magazine, parfois même recommandées. La plupart du temps, ma tante ignorait les conseils et les recommandations. Suzanne achetait à l'instinct, à l'inspiration et n'hésitait jamais sur le métrage. Elle en prenait au moins le double, sinon le triple que nécessaire :

– On ne sait jamais...

C'est vrai qu'avec elle, on ne savait jamais si l'ouvrage final ressemblerait à un dessus-de-lit ou à des gants de toilette.

Le temps de revenir chez elle, nous sortions le matériel : le mètre ruban, les épingles, les gros ciseaux de couturière, le dé à coudre avant d'étaler le tissu sur son lit. L'épinglage du patron pouvait commencer. J'étais chargé de maintenir l'étoffe tendue et d'aider l'épingleuse à épingler.

L'opération prenait un bon moment, ponctué des rituels :

– *Hell !*

chaque fois qu'elle s'enfonçait une épingle dans le doigt ou la plantait à côté.

Sans compter les morceaux de papier de soie qu'elle arrachait d'un geste maladroit.

Le patron finalement épinglé, Suzanne, comme si elle craignait de le voir s'échapper, empoignait les ciseaux et coupait sans attendre. Elle coupait de traviole, elle coupait en échelle, elle coupait en zig, en zag, si bien qu'à la fin, les pièces à assembler présentaient toutes des formes et des tailles différentes. Impossible à coudre ensemble. Suzanne ne se décourageait pas pour si peu. Sans prendre de mesures, mais le mètre autour du cou, elle retaillait les morceaux, égalisait les bords, rabotait les arrondis...

Je garde précieusement une de ses créations : une robe demi-saison qui, sous ses doigts de fée, devint un boléro bleu gansé de rouge. Un habit parfaitement à la taille de mon singe en peluche.

Enfant, je passais pratiquement tous mes week-ends chez ma tante Suzanne. Nous avions nos habitudes. Le samedi, à l'heure du goûter, elle m'achetait des gaufres. Des gaufres belges, évidemment. J'en raffolais. J'étais capable d'en engloutir jusqu'à trois, bien grasses et pleines de sucre glace. Henri Michaux, belge lui aussi, a bien trompé son monde. Je peux témoigner que sa « connaissance par les gouffres » est en réalité la connaissance par les gaufres.

Ce qui n'est pas moins roboratif.

Dans sa jeunesse, ma tante Suzanne avait recueilli et sauvé une poule unijambiste qu'elle cacha plusieurs mois dans un minuscule studio meublé à New York. À Paris, elle élevait une paire de serins, Fifi et Plumette, que je nourrissais de millet, de mouron et d'os de seiche. Ma tante m'a donné non seulement le goût des animaux à plumes, mais celui des grandes plumes qui signaient les meilleurs articles dans *France-Dimanche*, *Ici Paris*, le *Reader's Digest*, *Constellation* et *Historia*...

Nous dormions dans le même lit, elle en chemise de nuit, moi en pyjama. Comme un vieux couple. Si nous n'allions pas au cinéma, nous écoutions à la radio « La minute de bon sens » de Saint-Granier, l'inimitable Geneviève Tabouis qui délivrait son bulletin d'informations, volant de branche en branche, de « Attendez-vous à savoir... » à « J'ai appris que le général de Gaulle... », et surtout « Les enquêtes du commissaire François », avec François Périer.

Avec ma tante je parlais anglais, avec ma mère je ne pouvais pas.

Un dimanche après-midi, aux puces de Montreuil, ma tante Suzanne eut l'idée lumineuse de m'offrir un jean Levi's et une chemise noire *made in Italy*.

Qu'est-ce qu'elle n'avait pas fait là !

Le retour à la maison fut aussi triomphal que la marche sur Rome. Une chevauchée fantastique. Mon père en bégayait : son fils avec une chemise de fasciste et un futal de Yankee !

Ma tante prit ma défense : faire tant d'histoires pour une chemise cintrée et un pantalon de cow-boy...

– Mais c'est toi qu'es cintrée, Suzy ! Tu pourrais quand même avoir un peu de gin gin avant de faire des conneries !

Ma mère n'était pas moins scandalisée :

– Are you crazy ? A black shirt ! My son is not a nazi !

– T'as vraiment rien dans le citron !

– It's so stupid !

Habillée pour l'hiver, la tante Suzanne...

Et moi obligé de me désaper illico :

– Tu vas me faire le plaisir d'enlever ces frusques tout de suite et de les foutre aux chiottes !

Pourtant, je n'étais ni nazi, ni fasciste, ni même pro-américain. Pour une fois, j'étais à la mode, ce qui ne m'arrivait pas souvent.

Et qui ne m'est pas souvent arrivé depuis...

La Vie du rail

Comme je ne risquais pas de faire ma communion, mon oncle Maurice m'offrit ma première montre pour le Certificat. Désormais, j'avais l'heure. Je pouvais vivre avec mon temps. J'attrapais par la même occasion une ponctualité maladive et le sens du trajet.

Chaque année, mon père recevait *L'Indicateur Chaix*, ce livre mystérieux où, à la minute près, sont notés les horaires de trains. Je le lisais comme d'autres déchiffrent les partitions de Bach ou de Mozart, voire d'Arthur Honegger, qui composa *Pacific 231*, une pièce magistrale à la gloire de la vitesse, des bielles, des pistons, des heurtoirs et des tampons. J'apprenais par cœur le chiffre secret des correspondances. Je jouais de mémoire ma partition de voyageur imaginaire, lancé à travers la France à la poursuite de lui-même. Je sautais d'une colonne à l'autre, je changeais de direction selon mon humeur, j'imaginais la façon la plus rapide ou, au contraire, la plus lente pour aller d'un point à un autre. C'est-à-dire d'une page à l'autre, d'un nom à l'autre. J'étais dans le même instant à l'est, à l'ouest, au nord, au sud, à Culmont-Chalindrey, nœud ferroviaire important, à Rive-de-Gier, à Mont-de-Marsan, à Grenade-sur-l'Adour, à Saint-Loup-sur-Thouet, à Molsheim, à Soulac ou ailleurs. Destinations énigmatiques, paysages de papier. J'inventais mon réseau ferré, ayant toujours détesté les petits trains électriques qui tournent en rond. Les trains sont faits pour filer droit vers l'horizon où leurs rails, parallèles, jamais ne se rejoignent. Sauf à provoquer une catastrophe géométrique et ferroviaire...

Avant de partir pacifier l'Algérie, mon frère avait gagné un abonnement d'un an à *La Vie du rail.* Le *Chaix* et *La Vie du rail* sont pour les agents des chemins de fer ce que sont pour les croyants l'Ancien et le Nouveau Testament, des livres sacrés. Certains prétendent même que c'est sur le mont Parnasse que saint Lazare les aurait reçus de l'Éternel, c'est-à-dire de la direction générale...

Le journal arrivait par la poste, plié en deux sous une bande blanche. Mon père exigeait de le lire en premier. Il l'épluchait du titrc jusqu'à l'adresse de l'imprimeur. C'était un lecteur scientifique, contrairement à ma mère qui lisait sauvagement, dévorant d'un coup trois chapitres d'un livre avant de l'abandonner une année entière. L'un et l'autre se rejoignaient pourtant dans le culte du dictionnaire : Larousse petit et grand, Encyclopédie, Robert, Littré, Quillet, Harrap's Shorter, Oxford Dictionary et ses petits, Chambers's Twentieth Century Dictionary, Berlitz Dictionary, etc.

Une véritable épidémie.

Je n'ai jamais su, ni deviné, ni même soupçonné, ce que mon père cherchait si fiévreusement dans *La Vie du rail.* En revanche, je sais ce qu'il y trouvait. Dans les petites annonces, mon père avait un œil incomparable pour dénicher les destinations improbables où, avec ma mère, ils partiraient en vacances. Personne mieux que lui n'était capable de repérer les lieux ignorés du reste du monde, pour la plupart du temps inaccessibles à moins de trois changements et de plusieurs heures d'attente sur des quais venteux. Des bleds inimaginables où l'unique hôtel aurait pu faire figure de vestige archéologique, où le premier commerce se trouvait à une heure de marche, où un lèche-bielle à la retraite mitonnait des petits plats régionaux baignant dans l'huile et le gras.

Mon père avait une âme d'explorateur.

S'il y avait une seule annonce, dans *La Vie du rail*, à laquelle on pouvait être sûr que personne ne répondrait, il la trouvait à coup sûr et s'empressait de réserver pour un mois entier. J'avoue que seule ma mère acceptait de le suivre dans ses expéditions. J'accompagnais volontiers mes parents jusqu'à la gare, mais pas au-delà. C'était émouvant de les voir s'embarquer pour l'inconnu avec leurs valises, leurs pliants, leurs cannes à pêche et *Moby Dick* en Penguin Book à lire pendant le voyage...

Mes parents partis d'un côté, je pouvais partir du mien, avec ma tante Suzanne. Les vacances, c'était notre grande affaire. Nous descendions dans les Landes, dans un petit village près de Mont-de-Marsan où vivaient les gens qui avaient recueilli mon frère pendant la guerre...

Au départ de la gare d'Austerlitz, le voyage en seconde classe durait treize heures. J'en profitais pour faire raconter à ma tante sa traversée de l'Amérique à l'époque héroïque, Buffalo Bill, qu'elle détestait, un esclavagiste montreur d'Indiens, le Ku Klux Klan, les gangsters de Chicago qui se tiraient dessus au milieu de la rue... Son père avait réussi à prendre des photos des Indiens en cage au Barnum Circus, du lynchage d'un Noir dans le Sud, de gangsters morts sur le bord d'un trottoir. Elle les avait perdues, pendant la guerre, dans une malle qu'on lui avait volée. Les larmes lui montaient aux yeux quand elle pensait à sa jeunesse fourguée aux puces ou au marché noir...

Je ne sais pas pourquoi, jamais ne nous est venue à l'esprit l'idée de prendre des couchettes. Ce n'était pas une question de prix. Ce devait être une question de morale. On ne se couchait pas ; ni en train, ni ailleurs. Pour le coup, nous voyagions tordus sur des banquettes collantes, coincés, empilés, jusqu'à Morcenx où nous arrivions, exténués, noircis, moulés dans un cor de chasse alors qu'il faisait encore nuit. Là, nous attendions la levée du jour pour prendre l'autorail jusqu'à Cazères, où nous accueillaient, selon les années, le cheval Pompon attelé à une carriole, ou Marti et Boué, une paire de bœufs tirant un tombereau dix fois trop grand pour nos deux valises. De Cazères à Bordères, terme de notre expédition, il n'y a pas plus de quatre kilomètres, que nous faisions au pas lent et majestueux de ces nobles bêtes. Nous aurions fait plus vite à pied...

Voyager signifiait quelque chose.

Plus que les courses de vaches landaises, plus que les travaux des champs – les blés, le maïs, la vigne –, plus que les animaux que je gardais – les cochons, les oies et même les dindons –, plus que les cabanes que je construisais, les lance-pierres à fabriquer, les virées en tandem, les jeux de quilles, les jeux de filles, quand je pense aux Landes, je me revois dans une barque plate, sur l'Adour, en plein midi. Je la détache, je pars au fil de l'eau. Je m'allonge sur le fond, je fixe le soleil, le ciel m'avale, se referme sur moi. Tout devient d'or, tout devient noir. Je vais mourir, je le sens, je l'espère. Mes membres s'engourdissent, la chaleur m'enserre dans son couffin. Tendre torpeur d'où je ne reviendrai pas. Plus rien ne compte. Pas même le frémissement des arbres ni le cri des oiseaux. Je n'entends rien, je ne vois rien, je dérive, je coule. Je vivais sans sommeil, je disparais sans regrets comme on s'endort.

Quand on me retrouve, on me croit mort, brûlé au deuxième, au troisième degré. Peut-être même au quatrième, voire au cinquième, tant l'affolement est général. Mais la mort ne voulait pas de moi. Elle voulait juste imprimer sa marque sur mon bras, y laisser sa signature en peau de chagrin.

La tante Suzanne avait l'habitude de se soigner à la Quintonine, un fortifiant qui stimule d'autant plus qu'il est recommandé de l'avaler dilué dans du vin. À la fin de sa vie, je crains que ma tante ait un peu trop forcé sur le médicament...

Que celui qui n'a jamais été aussi seul qu'elle lui jette le premier verre.

Camp mission

La première année où je partis en vacances sans ma tante Suzanne, je descendis camper sur la Côte d'Azur avec autant de garçons que de filles du XXe arrondissement.

Le temps de louer chez Toucan, le marchand de sport de la rue des Pyrénées, une canadienne à deux places et un sac de couchage, me voilà en route. Pater, Vantrou, Colas étaient de la partie. J'ai toujours vécu en bande, plus qu'en famille. Je n'aime pas les figures imposées. Les miens, je me les suis choisis. Ce n'est pas le plus facile. Avoir un père, une mère, des frères, des sœurs est à la portée du premier imbécile venu. Avoir des amis est un art délicat et sévère dont les règles sont plus fortes que les liens du sang. Pas besoin de contrat, de serment, de témoin jurant n'importe quoi sur l'honneur qu'il n'a pas. Une seule question compte : celle-là, celui-ci, sera-t-il prêt le jour où on aura besoin de lui ? Ou manquera-t-il à ses amis ?

Manquer, il n'y a pas de plus grand crime.

Celui qui manque est plus que mort, il n'a jamais existé. Si parfois ma vie n'a tenu qu'à un fil, c'était celui qui me rattache à mes amis. Un fil d'acier trempé qui ne m'a jamais lâché.

Après une nuit en train et une heure de crapahute sac au dos, pour quelques francs, nous avons eu le droit de nous installer sur un terrain d'herbe rase, sans le moindre pin parasol pour nous protéger du soleil. Quatre douches, deux W.-C. pour les commodités et une baraque à frites constituaient l'ensemble des installations du « Rastel » de La Napoule, camping moderne...

C'était spartiate.

Pater proposa de rebaptiser l'endroit « le Crastel ». Proposition aussitôt mise aux voix et adoptée à l'unanimité.

Pas loin de nous, sous la férule d'un aumônier en boxer-short, de jeunes catholiques finissaient de planter les tentes de leur « camp mission ». Un camp dont l'objectif était de profiter des vacances pour attirer de jeunes mécréants à l'Église.

Je me retrouvais comme à l'école.

D'un côté les cathos et de l'autre les cocos. Et nous étions de drôles de cocos.

Un vrai troupeau de brebis perdues...

Comme toujours, les filles des deux bords facilitèrent la fraternisation.

Le « camp mission » devint vite un camp retranché, une chasse gardée...

Le jour, à la plage, nos missionnaires en bikini nous entretenaient de la foi qui sauve, de la grâce, des péchés, de la rédemption, du Jugement dernier. Nous leur répliquions exaltant la lutte des classes, l'URSS qui était le véritable Paradis sur la terre, Lénine, Fidel Castro, la Révolution qui restait à faire... Le soir, après quelques airs de guitare obligatoires, après avoir chanté

« La jeune garde » et « Jésus dans ce mystère », nous allions nous coucher. Chacun dans sa guitoune. Nous dans notre matériel de location disposé en cercle comme un campement indien. Les cathos dans deux grandes tentes militaires aménagées en dortoir. Une pour les filles, une pour les garçons. L'aumônier veillait au grain. Heureusement, il ne veillait pas trop tard. L'âme en paix Don Camillo s'endormait vite et ronflait, laissant grandes ouvertes les portes du Paradis. Heureux les simples en esprit...

Avec des ruses de Sioux, le Royaume de Dieu et le Grand Soir se rejoignaient sous les étoiles. Plus question de discuter de Jésus-Christ et de Karl Marx. Fini la théorie. Nous passions aux travaux pratiques : l'amour du prochain, la communauté des biens, fais à autrui ce que tu voudrais qu'on te fasse, et tutti quanti, amen. Pleins d'ardeur révolutionnaire, nous mettions à l'épreuve la vertu de nos catéchistes. Exercices spirituels et mortifications. S'envoyer en l'air à même le sol demande d'avoir l'âme solidement chevillée au corps.

L'âme, si l'on peut dire...

Un ange vint-il en secret avertir l'aumônier de nos sabbats ? Le fait est que, arraché au sommeil du juste, il se leva une nuit et découvrit nos verts paradis derrière les douches, près des W.-C. Ses ouailles n'étaient pas blanches, ses enfants de chœur trahissaient leur mission dans la position du missionnaire.

L'aumônier en perdit son latin :

– Satans ! Mécréants ! Suppôts du Diable ! Athées ! Agnostiques ! Malheur à celui par qui le scandale arrive !

Il manquait d'air. Il s'étouffait dans ses emportements, suffoquait de colère. Une des filles descendues avec nous avait bien retenu la leçon sur le sacrifice chrétien. Elle se sacrifia pour le ramener à la raison. Et ramener un curé à la raison peut être considéré comme une noble mission. Après lui avoir fait du bouche-à-bouche pour l'aider à mieux respirer, elle le défroqua par bonté. Je ne sais pas s'il vit les Cieux s'ouvrir et le Fils de l'Homme apparaître à la droite de Dieu au moment de renoncer à son boxer-short mais, de ce jour béni, l'aumônier nous dispensa de guitare nocturne et de sermons balnéaires...

La grève de la Poste nous frappa de plein fouet. Nous n'avions pour argent que celui que nos parents, tous les trois jours, nous expédiaient par mandats. Au bout d'une semaine de conflit, plus personne n'avait un sou sur lui, ni sous le tapis de sol où je cachais le mien.

Crédit était mort lui aussi.

La faim se fit sentir.

Plus de frites, plus de pan bagna, plus de pâtes sauce bolognaise. Très vite, les épiceries habillèrent leurs vendeuses en dogues allemands et leurs vendeurs en gorilles avec lunettes noires et nerfs de bœuf. Nous n'étions pas les seuls à chaparder dans ces ménageries.

Gagné à la cause commune, l'aumônier réalisa le miracle de la division des boîtes de conserve. Mais quand il n'y eut vraiment plus rien à croûter, pas même des hosties, il fallut bien s'organiser. La première idée fut d'amortir notre matériel de pêche sous-marine, nos harpons, nos épuisettes. L'aumônier ne pouvait qu'approuver. Manger ce qu'on pêche, Jésus et ses joyeux disciples avaient fait ça tous les jours.

Malheureusement, après une journée entière dans l'eau, nous n'avions sorti que trois malheureux poissons, quelques oursins et un petit poulpe... Impossible de nourrir plus de trente personnes de si peu. C'était décourageant. Heureusement qu'il y a un dieu pour les pêcheurs bredouilles. Sa lumière nous toucha tandis que nous rentrions au camping tête basse, épuisés d'avoir tant nagé...

À La Napoule, sur le front de mer, plusieurs restaurants offraient pour particularité d'avoir, en devanture, de grands aquariums où les badauds pouvaient constater de près la fraîcheur de ce qu'ils allaient manger. N'étant pas catholiques, nous n'avions pas à résister à la tentation. Ce fut unanime et sans concertation. Le patron du premier établissement n'eut pas le temps de nous prendre la main dans l'aquarium que déjà nous vidions celui du deuxième, puis un troisième, avant de prendre la fuite avec notre butin de langoustes, de loups et de daurades...

Depuis, je ne pêche qu'en aquarium et chez le poissonnier. Papa peut toujours s'accrocher pour rivaliser avec moi.

Une autre mission consista, une nuit sans lune, à cueillir des melons dans un champ cultivé. C'était dangereux. Les paysans faisaient des rondes armées. Mais il en fallait plus pour effrayer quinze zigs affamés du XXe arrondissement, en tenue d'athlétisme, maillots flottants et chaussures à pointes.

Mission accomplie : cent kilos de melons dans cinq

grands sacs de tente et une épidémie de colique carabinée. Fort heureusement, la grève cessa alors que la police commençait à nous rechercher.

Je ne dis pas : à nous suivre à la trace.

Vlad, que j'hébergeais dans ma canadienne, lassé de la chasse aux moustiques, inventa un jeu cruel. Après les melons, il s'agissait de cueillir des « groseilles ». C'est-à-dire de séduire une fille et de parvenir à la faire monter sur la bascule devant la pharmacie.

Celui qui ramenait la plus lourde avait gagné.

Vlad gagna plus d'une fois à ce jeu-là. On peut même dire qu'il remporta le gros lot, puisqu'il finit par épouser la groseille qui lui avait valu son plus grand succès.

Je me suis souvent demandé si ma vie n'aurait pas été tout autre si je n'avais pas fichu le camp sur la Côte cette année-là. Si, au lieu de me laisser séduire par des bikinis prosélytes, j'étais devenu paysan, séduit par une fermière dans les Landes. Autant j'ai horreur des week-ends à la campagne, de la tondeuse à gazon, du sécateur à haies, des barbecues, autant j'aime les travaux des champs, le soin de la terre. D'ailleurs, il faut piocher, biner, sarcler sa biographie pour faire pousser les poireaux du souvenir, les tomates du souvenir, les radis du souvenir, les salades du souvenir.

Oui, surtout les salades.

Et, pour un Parisien, j'ai un talent peu commun : je sais traire les vaches.

Les vaches, je les aime : elles n'aboient pas.

Je hais le théâtre

Mes parents se souciaient de l'avenir du socialisme. Ils ne se souciaient pas du mien. Moi non plus. D'ailleurs, personne ne se mettait la rate au court-bouillon pour l'avenir de ses enfants. C'est venu plus tard. Je me souviens de notre surprise quand nous avons appris que les parents de Valentin poussaient sa Valentine de sœur à faire des études pour devenir prof de maths. Ce n'était pas tant qu'une fille fasse des études qui nous paraissait surprenant, mais qu'on ait pour elle un projet aussi précis, une ambition.

J'étais à l'âge où on s'interroge : qu'est-ce que je vais faire plus tard ? La réponse était : on verra bien, advienne que pourra. Je serai ouvrier, vendeur, photographe, pompier, n'importe quoi pourvu que ce soit payé. Ramener de l'argent, voilà ce qui comptait à mes yeux. Seuls ceux qui ramenaient leur paye à la maison avaient le droit de la ramener en société. De pisser le long du mur. Fort de l'idée « à chacun selon ses besoins », les miens étant particulièrement modestes, c'est peu dire que je ne m'inquiétais pas du lendemain. J'avais la tête à lire (grâce à Pater), à courir les filles (grâce à Dieu), et à faire la révolution (grâce à Saint-Just). En cas de malheur, je savais que je serais plutôt voleur que mendiant. Pour reprendre une expression de mon père, je ne me cassais pas la nénette.

J'allais le nez au vent et les pieds sur le pavé.

Avec Pater, Vantrou, Penna et les autres, il n'était pas nécessaire de se donner rendez-vous ni de se téléphoner pour se retrouver chaque jour au Perroquet vert, notre café préféré. D'ailleurs personne, à part Penna, n'avait le téléphone. Il suffisait de pousser la porte. Il y avait toujours quelqu'un à qui parler. Ne serait-ce que le patron, la patronne ou leur fille Elsa, dont la chambre, au-dessus de l'établissement, accueillait généreusement les héros désœuvrés.

– T'es toute seule ?

– Oui.

– Qu'est-ce que tu fais ?

– Rien, je m'embête.

– Je peux entrer ?

– T'as envie ?

– Et toi ?

– Moi, j'ai toujours envie...

– Je ferme la porte ?

– Pourquoi faire ?

– Si ta mère montait...

– Pas de danger, quand elle veut quelque chose, elle tape au plafond avec son balai.

Elsa écoutait les Beatles et s'habillait à la mode des collégiennes anglaises : kilt fermé d'une grosse épingle dorée, pull shetland ras du cou, socquettes blanches et panti.

Le panti était un genre de culotte améliorée, à la fois gaine et ceinture de chasteté. Un remède contre l'amour, ma bête noire. Elsa, qui détestait les bas et les porte-jarretelles et ignorait l'invention du collant, adorait ce genre de lingerie, mi-caleçon, mi-cuissard, gansée de smocks débordants. Assis à côté d'elle sur son lit, je me rabotais les doigts sur ses défenses élastifiées pendant l'inévitable échange de baisers préalable à l'exploration plus approfondie de nos sentiments. Et quand, enfin, je parvenais à le lui faire ôter, c'était pour découvrir l'affligeant spectacle de ses fesses ridicules et rouges, imprimées façon dentelle. Le panti avait de quoi décourager l'amoureux le plus entreprenant, et l'esprit d'entreprise ne m'est pas étranger.

Pour être honnête, je dois avouer que je ne présentais pas mieux qu'elle.

Les chaussettes qui avaient gâché mon enfance me tourmentaient encore. C'est une injustice criante, mais la version courte de la chaussette, la socquette, est un accessoire charmant, doux et tendre comme une caresse d'enfant. Une femme nue en socquettes fait briller les yeux, alors qu'un homme en chaussettes fait pincer le nez. L'homme en slip (ou en caleçon) n'est pas particulièrement à son avantage mais, si la femme y met du sien, on peut s'en accommoder. Ça peut faire la farce. L'homme en slip *et* en chaussettes n'a rien à espérer. Dans ce cas-là, l'expression de la virilité la plus manifeste n'arrange rien, au contraire.

Elsa avec son panti, moi avec mes chaussettes, nous faisions donc vraiment la paire. Nous faisions aussi contre mauvaise fortune bon cœur. Jamais elle ne me reprocha de lui offrir mon cœur en agitant deux espèces de pigeons morts. Jamais je ne lui tins rigueur de me faire embrasser les marbrures comiques de son joli derrière.

Nous nous aimions à la bonne franquette, en francs et franches camarades.

Un après-midi, Pater m'attendait au comptoir du Perroquet pour m'exposer l'idée grandiose qui lui avait traversé l'esprit tandis qu'Elsa et moi nous pratiquions la dialectique dans la position du tireur couché. Il avait bien réfléchi, tout bien pesé. Il avait consulté les astres et Max Favalleli... Notre avenir était tracé en sept lettres, nous allions devenir acteurs.

– T'es dingue ?

– Ça ne te dirait pas de faire du théâtre ?

– Ben...

– Et du cinéma ?

– Euh...

– Tu vois : il n'y a pas à hésiter.

Même si je n'avais pas vraiment la tête d'un jeune premier ni le profil grec, l'idée d'être salarié pour faire le guignol, finalement, me séduisit. D'ordinaire, je faisais le guignol gracieusement, laissant les esprits chagrins prophétiser que je finirais polisseur de ronds carrés ou redresseur de copeaux, chez Fourien, rue du Repos. À Mexico, Bob Beamon avait franchi 8,90 m au saut en longueur, mais son esprit avait sauté encore plus loin. Il avait sauté dans le mien. J'avais retenu la leçon : il n'y avait pas de limite infranchissable. Je me laissai entraîner. L'histoire n'attend pas. Comme le disaient le camarade Lénine et ma tante Suzanne : « Quand faut y aller, faut y aller... »

Notre première apparition sur l'estrade du cours Simon nous valut un joli succès. Nous donnâmes – puisque sur scène on « donne », comme on donne au lit – Vadius et Trissotin en dansant le tango argentin :

Au reste il fait merveilles
En vers ainsi qu'en prose
Et pourrait, s'il voulait
Vous montrer quelque chose

Je n'en montrerais guère plus.

Je compris assez vite que les portes de la profession théâtrale ne s'ouvriraient pas pour moi aussi aisément que les bras des apprenties comédiennes. Mon père, d'ailleurs, n'avait jamais cru à ma vocation. Quand Pater passait me chercher pour aller au cours, il était persuadé que c'était pour aller au bordel. Plus d'une fois, il me glissa un billet dans la poche, me conseillant d'un air complice :

– Fais gaffe, surtout ne t'endors pas sur le morceau, et après, va pisser...

Je m'endormais pourtant, mais pas pour les raisons qu'il imaginait. Le théâtre a toujours combiné pour moi les vertus soporifiques et les effets diurétiques.

Quand ça ne m'a pas carrément fait chier.

Le théâtre est pour moi l'antichambre de la mort. Surtout lorsqu'on m'invite. L'invitation est là, impérieuse, posée sur le buffet de la cuisine : « La Compagnie Machinchouette serait heureuse de vous convier à une représentation de *Hamlet* de Rick Zerbougnon et William Shakespeare. » C'est barré en travers de l'inévitable : « Tu verras, c'est super, je joue Horacio-Trotski. Je compte sur toi. Robert. » Suit un P.-S. rédigé comme un ordre : « On ira bouffer après. » Derrière l'invitation, il y a un plan. C'est enfantin : pour se rendre à Saint-Michel-sur-Lardu, prendre tout droit jusqu'à Saint-Zéphyrin-le-Pont, tourner à gauche après le panneau « Le café Moka, c'est du moka », compter trois feux rouges après le second croisement et tourner à droite derrière le garage Antar. À partir de là, c'est fléché.

Dans le début de *Mort à crédit*, Céline écrit de sa concierge : « Elle savait Mme Bérenge que tous les chagrins viennent dans les lettres. » Parfois, il faudrait avoir le courage de jeter son courrier sans l'ouvrir. Maintenant, c'est trop tard, votre femme tient déjà l'invitation dans une main et le combiné du téléphone dans l'autre pour prendre rendez-vous chez le coiffeur.

La machine infernale est en marche. Rien ne l'arrêtera.

Vous pouvez convoquer la baby-sitter, faire le plein, vérifier l'huile et les pneus, acheter une carte Michelin (30 francs)...

Après une bonne heure de trajet par temps sec, le double s'il pleut, vous arrivez devant un hangar balafré d'une banderole « théâtre ». Là, il faut traverser le bourbier qui s'étend du parking à la caisse pour présenter votre invitation au contrôle. Si l'invitation est gratuite, la taxe, elle, est payante : 30 francs × 2 = 60 francs. Somme à laquelle il faut ajouter les 10 francs que vous donnez à une rouquine qui vous indique :

– Mettez-vous où vous voulez, vous êtes les premiers...

Les seuls ?

C'est un lieu ouvert. Précisément, cela signifie qu'il n'y a pas de portes et que le fond de scène s'ouvre sur la campagne. Plus tard, vous lirez dans le programme que ce dispositif révolutionnaire favorise la circulation des idées. Celle des courants d'air aussi.

Bref, on s'enrhume.

Les acteurs jouent de plain-pied sur une aire préalablement inondée. Une idée du décorateur pour signifier que l'homme a été tiré de la glaise et qu'il patauge dans la merde toute sa vie avant de retourner à la terre d'où il vient. Les spectateurs sont regroupés sur des bancs. Pas de généreux bancs de ferme, larges et solides, ni des bancs publics à la vague élégante. Non, des bancs de trente centimètres de haut, espacés les uns des autres, où l'on se tient plus accroupi qu'assis avec l'impossibilité – l'interdiction ? – de s'adosser.

Au bagne de Poulo Condor, ce ne devait pas être pire.

Le spectacle commence volontairement une demi-heure en retard. Les spectateurs doivent se pénétrer du lieu comme jadis les condamnés au pilori devaient se pénétrer de leur faute. Mentalement vous récapitulez : coiffeur 250 francs, baby-sitter 120 francs (forfait), carte Michelin 30 francs, essence 200 francs, sans compter la perspective d'un triple nettoyage, chaussures, pantalon, voiture...

Que ce soit à Saint-Michel-sur-Lardu ou à la Comédie-Française, la même étrange sensation me saisit dès la première réplique. Je suis sur Mars, les techniciens de la Nasa n'ont pas pris le temps de m'avertir. Des monstres venus d'une autre galaxie s'agitent devant moi, hurlent, se déplacent en tapant du talon. Ils se frappent la poitrine, se griffent les joues, s'arrachent les cheveux, éructant et gesticulant à moitié nus. Aussitôt entrés en scène, bing ! à plat ventre. Le théâtre est le seul lieu au monde où des individus expriment leurs sentiments en se jetant à terre. Pourquoi crient-ils un mot sur deux ? Parce que c'est dans le texte ou parce qu'ils viennent de se fêler une côte en se précipitant au sol ?

Mystère.

Qu'un des extraterrestres vociférant comme un damné ressemble à Robert ne me rassure pas.

Au contraire.

Tout cela ne serait qu'un mauvais moment à passer si Zerbougnon et sa troupe se contentaient de massacrer un chef-d'œuvre dans un temps raisonnable. Alas, poor Yorick, ce serait trop beau. Pour faire moderne, il faut faire long. La nécessité de la durée, l'espace, la temporalité sont très longuement analysés dans le programme par le metteur en scène lui-même. Aussi, aux glapissements succèdent des tirades débitées en seize tours. Les plus pervers n'hésitent pas à faire rouler les r à la manière des perroquets gascons du zoo de Vincennes :

– Eeeeeeeeeeeetrrrrrrrrrrrre... (un temps) OU.......... (un temps plus long) nepazêêêêêêêêêêtrrrrrrrrrrrrr reeeeeeeeee..........

On croirait assister à une séance expérimentale d'orthophonie pour handicapés moteurs cérébraux.

Il n'y a pas d'entracte.

De furieuses douleurs, très vite, vous tourmentent le bas du dos, vos jambes ne répondent plus, vous êtes en proie à des hallucinations. Vous voyez votre corps abandonné dans une décharge, votre esprit coincé dans une boîte à chaussures oubliée sur un rayon. Pire, ce crâne sur lequel on postillonne, c'est le vôtre transformé en accessoire. Si les acteurs ne continuaient pas à hurler pour vous maintenir éveillé, comme les flics pendant une garde à vue, il y a longtemps que vous vous seriez évanoui, heureux de sombrer dans un coma profond.

Après deux heures de spectacle, vous êtes prêt à implorer pitié, à livrer tous les noms du réseau, les adresses de vos complices, à dénoncer votre mère, votre sœur, la bonne, n'importe qui...

Quand soudain ça s'arrête.

Pile au milieu d'une phrase.

Si vous n'étiez pas totalement paralysé, vous tomberiez à genoux pour aider vos tortionnaires à vous ramener dans votre cellule.

Je me suis longtemps demandé pourquoi le public applaudissait toujours à la fin d'une représentation théâtrale. Aujourd'hui, j'ai compris : ils applaudissent parce que c'est fini.

Enfin : c'est fini ! Fini !

De la même manière, j'ai compris que les sorties de secours sont indiquées par des lumignons de couleur verte parce que le vert est symboliquement la couleur de l'espérance. L'espérance de sortir au plus vite.

Je déteste le théâtre ; je le hais. Je ne supporte pas de rester assis dans l'obscurité où des inconnus singent la vie, parlent trop vite ou trop lentement comme si je n'étais pas là, font semblant... À tout prendre, je préfère passer une nuit au poste. C'est moins long, plus drôle et moins douloureux, parce que au moins, après le passage à tabac, l'affaire est classée. Au théâtre, quand la représentation s'achève, le plus dur reste à venir.

Je m'explique :

– après la pièce, il faut raccompagner à Paris Robert et sa copine ;

– il faut les inviter au restaurant pour les remercier de l'invitation ;

– il faut écouter les commentaires sur Zerbougnon qui est un type génial, « avec lui, Shakespeare s'éclate ! » ;

– il faut déposer la copine de Robert qui, justement ce soir-là, dort chez sa mère, et retraverser Paris dans l'autre sens pour laisser Robert devant son domicile.

Lorsque, vers quatre heures du matin, vous vous couchez enfin, rompu, bronchiteux, incapable de dormir à cause du café pris au restaurant pour tenir le coup, vous établissez le bilan définitif de votre soirée : coiffeur (250 francs), baby-sitter (120 francs), carte Michelin (30 francs), essence (200 francs), taxes (60 francs), pourboire et programme (20 francs), restaurant (quatre couverts, 600 francs), divers (teinturier, pharmacie, 250 francs) sans compter – éventuellement – les 500 francs prêtés à Robert, un peu juste ces temps-ci mais qui vous les rendra :

– Dès que la pièce sera lancée...

Total : environ 2 000 francs pour voir gratuitement *Hamlet* de Zerbougnon à Saint-Michel-sur-Lardu...

Je le dis clairement : le théâtre, comme la torture, n'a pas sa place dans la patrie des Droits de l'homme. Je joins ma voix à celle des militants d'Amnesty International pour clamer : vive le cinéma ! Après la projection d'un film, si mauvais soit-il, personne n'a jamais nourri ni raccompagné les acteurs.

Notre petite ville

Avec Pater, nous avons pourtant joué dans une pièce, « Notre petite ville » de Thorton Wilder, mis en scène par Raymond Rouleau, au théâtre de L'Épée de bois. Jouer, un bien grand mot...

Nous ne disions pas une réplique : au premier acte, nous étions dans la salle pour lancer les applaudissements et les rires, au second nous donnions de la voix dans un chœur :

« *À toi la Gloire ô Ressuscité !*

À toi la Victoire pour l'Éternité ! »,

au dernier, nous mimions les croque-morts portant en terre le héros défunt. Faute de moyens, sans doute, nous devions faire comme s'il y avait un cercueil, alors qu'il n'y en avait pas. Par distraction, il arriva que Pater file tout droit vers la cour alors que nous devions tourner vers le jardin avec notre bière imaginaire. Le mort prit la tangente, le chemin des écoliers. Pater venait d'inventer le cercueil à géométrie variable. Dommage qu'il ne l'ait pas fait breveter. Au moment de fermer mon parapluie, je m'y serais volontiers accroché. J'aurais filé à l'anglaise sans même attendre les saluts...

Lors d'une représentation mémorable, je perdis mon pantalon en scène. Héritage d'un prédécesseur bien plus gros que moi, ce falzar tenait à mon gilet, à ma chemise et à ma veste par une simple épingle de sûreté. J'aurais dû me méfier. Mon père m'avait pourtant enseigné de me méfier de la sûreté. L'épingle s'ouvrit tragiquement au moment le plus tragique de la pièce. Je lâchai du coup le cercueil de vent pour rattraper mon fute qui se faisait la paire. Pater, mort de rire, lâcha la bière lui aussi. Puis il se pencha sur ses chaussures, un 42 au pied gauche, un 45 au pied droit, comme s'il priait en hoquetant d'avoir au moins la même pointure des deux côtés. Quant aux deux autres qui nous accompagnaient, ils versèrent des larmes de rire sur le corps du défunt. Le public n'y vit que du feu, enfin, les deux ou trois qui étaient là.

Peut-être dormaient-ils déjà ?

Un autre soir, nous avons dû renoncer à jouer : il n'y avait qu'un Allemand dans la salle. Nous l'avons entraîné avec nous au tabac de la rue Mouffetard. Verre après verre, même s'il ne comprenait pas le français, il comprit vite que notre besoin de consolation était immense à rassasier. Et quand enfin, vers cinq heures du matin, nous l'avons raccompagné à son hôtel, son visage rayonnait de bonheur, comme jamais n'a rayonné le visage d'un spectateur après une représentation théâtrale...

C'était le début de la fin.

Pas de réservations, pas de recettes, pas de cachets. Pater et moi, nous touchions 1 franc par soir. Pas même le prix d'un aller et retour en métro... Un à un, les acteurs désertèrent les représentations. La pièce tint encore huit jours. Huit jours d'un bonheur total où nous avons gagné une phrase par-ci, une autre par-là, puis deux, puis trois, presque un acte. Dommage que nous nous soyons arrêtés en si bon chemin. À l'ancienneté, seuls en scène, nous aurions fini par tout réciter.

Faire un fretin

Si le XXe arrondissement comptait beaucoup de cinémas, il comptait plus encore de cafés. Il y avait ceux de mon père et les miens. Ce n'étaient pas les mêmes. Pour acheter ses Gauloises bleues, mon paternel m'envoyait au Khédive qui faisait tabac, place Gambetta :

– Tu me prendras deux paquets de tiges de huit et une boîte d'allumettes...

Pour mon usage personnel, je préférais des Marigny. J'ai fumé très tôt, et très tôt j'ai arrêté. À onze ans... Je préférais sucer mon pouce, comme mon oncle Robert, le frère aîné de ma mère, le saxophoniste qui suça le sien jusqu'à sa mort.

– Ça m'aide à réfléchir, disait-il lorsqu'il écrivait sa musique...

En face de la mairie, le Gambetta offrait des places de choix pour surveiller le manège des flics qui se faisaient livrer des caisses de bière et arrivaient sirène hurlante à l'heure des repas. Le PMU se tenait place Martin-Nadaud, à L'Étoile d'or. Pendant des années, j'ai coché pour mon père le 19-4-11 sur les cartes tiercé. Malgré sa persévérance à jouer sa date de naissance, il n'a jamais rien gagné.

Jojo Père n'était pas né gagnant.

Pourtant, tous les soirs de la semaine, nous pariions sur les courses dans la rubrique turf de *Franc-Tireur* ou *Libération*, celui de D'Astier de la Vigerie. Mais sans rien miser. Le lendemain, nous regardions les résultats, et si j'additionne les sommes que nous aurions dû ramasser, le mot « fortune » ne me paraît pas exagéré. Mais ce n'était qu'une fortune de papier. Une fortune de rêve jamais concrétisée, un peu comme la Révolution russe et les emprunts du même nom...

Restait à fréquenter L'Espérance, le bistrot de la rue Orfila, et Le Café de la Poste où, le samedi après-midi, nous jouions au billard.

Comme pour la pêche, mon père avait du matériel de pro : une queue démontable avec des poids pour parfaitement l'équilibrer, du papier de verre numéro 0 pour entretenir la flèche et les procédés, du bleu de compétition et un petit chiffon pour essuyer la transpiration. Il avait aussi *Le Billard cet inconnu*, le livre de Roger Conti, le plus grand champion de tous les temps, qu'il consultait comme l'oracle de Delphes...

Parfois, nous faisions un fretin l'un contre l'autre, en tête à tête, mais le plus souvent à quatre, par équipe. Soit le patron du café se mêlait de la partie avec M. Colas, soit c'était Palméro avec le petit Marcel, un titi parisien avec casquette, mégot de Gitane maïs au coin des lèvres et un coup de queue à faire rêver... Il arrivait aussi que je vienne avec mes troupes, avec Pater qui jouait adroitement comme un gaucher, avec Vantrou, avec le grand Guérin qui faisait du cinéma.

Jouer à quatre est un sport qui réclame des nerfs solides. Car non seulement il faut battre les adversaires, mais souvent se battre aussi avec son partenaire. Il n'y avait pas de bonne solution. Soit je jouais avec mon père et nous nous engueulions parce que je ratais ci, parce que je n'aurais jamais dû jouer le point comme ça... Soit je jouais contre lui et nous nous engueulions aussi, parce qu'il jouait avant moi et me livrait les points sur un plateau, parce qu'il jouait après moi et que je ne lui livrais rien du tout...

Ajouter à cela, en cas de fausse queue, les réflexions sarcastiques ponctuées du rituel : « On ne parle pas sur les coups ! », les contestations de la marque ou de la reprise, les conseils importuns et les provocations gratuites, la partie durait au-delà du raisonnable, alimentée de tournées successives.

Peu de samedis passent aussi vite que passaient ceux-là.

On se quittait bons amis après avoir refait, accoudés au bar, ce qui venait de se jouer sur le tapis vert, en se promettant de se retrouver la semaine suivante. Et chacun rentrait chez soi convaincu d'avoir gagné sa journée...

Il faudrait un jour étudier l'influence du billard sur la musique contemporaine. Le bruit des boules qui s'entrechoquent, leur roulement sur le tapis, leur carambolage le long des bandes, le crissement de la craie, le cliquetis du boulier, le tic-tac de la pendule, le grésillement des lampes m'évoquent toujours Webern, Schoenberg, Boulez, Stockhausen, Penderecki...

Mais il n'y a qu'à moi que ça doit évoquer ça.

Il y avait aussi un billard au Perroquet vert, mais mon père y venait rarement. Ce n'était pas son terrain, c'était le mien. J'y jouais à domicile. Au Perroquet, le compteur du billard tournait au ralenti. Pour un prix défiant toute concurrence, Pater, Vantrou, Penna et moi pouvions jouer à perpétuité.

On ne s'en privait pas.

La patronne fermait les yeux. C'est-à-dire qu'elle somnolait derrière sa caisse ou s'abîmait dans la lecture de *L'Huma*, de *Clartés*, de *Spoutnik*. Car, singularité des singularités, si le perroquet était vert, les bistrotiers étaient rouges et militaient au parti communiste, le parti des travailleurs, le parti des fusillés, comme le patron se plaisait à répéter. Au Perroquet, on ne pouvait boire que du rouge, jamais de blanc, du « communard », pas du « kir »...

Les affaires ne marchaient pas fort.

Heureusement que nous étions là pour faire les atlantes. Sans nous, la baraque se serait écroulée.

Le billard est une expérience de soi. Il faut s'y vouer tout entier ou renoncer à jouer en libre, aux trois bandes, au cazin ou au cadre de 45/2. J'ai failli plonger. Ne faire que ça, couler des jours heureux de massés en rétros, de bande avant en bille en tête. Ne penser qu'à la série comme métaphore de la vie. J'avais la vocation. Mais après une année de réclusion complète, une année au désert, j'ai déserté l'académie de l'Opéra où, chaque jour, de midi à minuit, je faisais retraite en faisant des points en compagnie du grand Guérin.

Je ne serais jamais académicien.

Le tapis en laine de Hongrie aura été mon seul habit vert avec, pour épée, une queue offerte par mon père. Je sais, le vocabulaire ici me trahit. Je n'y peux rien, le billard n'est qu'un jeu de boules où on lime avec sa queue, qu'un jeu de bandes où on tire des coups...

Le billard n'était pas mon seul sport.

Étant moi-même un peu frappé, j'ai toujours eu l'esprit frappeur. C'était écrit que, jeune homme, je fasse de la boxe française, de la savate et de la canne d'assaut. Cela me valut le plaisir de voir Penna monter sur le ring avec un collant de sa sœur. Cruelle erreur. Le boxeur français ne se produit pas avec les jambes gainées de noir ajouré d'un motif à fleurs. Il ne se produit pas non plus sans slip sous le collant, comme Pater l'apprit à ses dépens.

Penna et moi, nous avons été en finale d'un championnat universitaire. Malheureusement les arbitres s'avisèrent au dernier moment que nous n'avions pas les diplômes requis pour nous affronter universitairement parlant. Nous nous sommes battus quand même, à titre de démonstration. Au deuxième round, Penna m'allongea un direct du droit qui me fit voir trente-six chandelles, au troisième je plaçai mon fameux coup de pied chassé sauté. Quand nous sommes rentrés chez nous, bras dessus, bras dessous, il boitait bas et moi je voyais toujours des étoiles. Même dans le métro.

À la canne, ce fut à peu près le même topo. Le tirage au sort m'avait désigné comme adversaire celui qui, plus tard, serait sacré champion de France. Au premier assaut, il me donna tant de coups que je me demandai s'ils n'étaient pas plusieurs à me taper dessus. À la seconde reprise, prêt à vendre ma vie au plus haut, je lui rentrai dans le lard et réussis d'entrée à lui faire sauter sa canne des mains. Je me précipitai du même élan pour poser le pied dessus, l'invitant d'un : « Viens » à essayer de s'approcher.

Ce n'était pas prévu par le règlement.

L'arbitre me força à lui rendre son bâton. Ce que je fis à contrecœur. Lui, en revanche, mit tout le sien à me donner de quarte et de tierce, de revers et de coup droit, une nouvelle volée de bois de cornouiller jusqu'à la fin du combat.

Un beau sport, la canne d'assaut. Peut-être l'ai-je quitté un peu tôt ?

La fermeture du Perroquet vert en 70 n'est comparable, dans l'histoire, qu'à la destruction du Temple de Jérusalem. Un cataclysme. Avant sa démolition, chacun de nous sauva un vestige. J'emportai la plaque émaillée « Water Closet », Vantrou prit « Téléphone », Pater un cendrier, Penna je ne sais plus mais quelque chose qui, pour toujours, rappellerait aux générations futures qu'il y eut un avant et un après le Perroquet.

Après, il y eut La Terrasse, où le patron engloutit le fonds au sept-quatorze-vingt-et-un, un jeu de dés où seuls les as comptent. Le premier joueur qui arrive à sept commande ; à quatorze, on boit et à vingt et un, on paye. Évidemment, le même joueur peut commander, payer et boire...

Le patron de La Terrasse fut plus d'une fois celui-là.

On ne peut pas dire que de le voir allongé derrière le comptoir, ivre mort, encourageait les consommateurs à régler ce qu'ils devaient.

Après La Terrasse, il y eut Le Canotier, près du

garage où M. Pater remisait son autocar. Au début, c'était sympa, on pouvait lire tranquille, embrasser ses copines, charrier le garçon, qui n'avait pour défense que de vous traiter d'idiot-bête-con...

Ensuite, ça s'est gâté.

Il y avait du racket dans l'air et de la bagarre au menu. Nous avons préféré mettre les bouts avant de nous faire transformer en hachis Parmentier, ce qui, en haut de la rue Pelleport, aurait été pour le moins déplacé.

Puis tout le monde a eu le téléphone, et c'en a été fini des cafés.

Miss Boum Boum

Pater et moi nous avons toujours tout partagé, même les filles. Il eut une aventure avec Miss Boum Boum, avec qui j'avais été avant lui. Impossible de parler d'elle sans signaler d'emblée que Miss Boum Boum avait une poitrine fantastique, la taille curieusement prise et des hanches de jument poulinière. Miss Boum Boum était un être comme on n'en voit qu'en rêve. D'autant qu'à ses atouts physiques, il faut ajouter ceux d'un esprit brillant, la pratique de plusieurs langues et une brassée de couronnes universitaires.

Au quotidien, en semaine si l'on préfère, Miss Boum Boum enseignait dans un collège de banlieue. C'était la réserve même, la modestie, refusant les fards, les vernis, dissimulant ses avantages sous des vêtements sans forme, tirant ses cheveux en chignon, vissant une paire de lunettes sur son nez. Mais dès le soir tombé, les week-ends et les jours chômés, Miss Boum Boum devenait une autre, c'est-à-dire elle-même...

Miss Boum Boum avait un goût secret pour la lingerie. Un goût excentrique qui ne la poussait pas vers les soieries et dentelles distinguées mais, au contraire, vers le frou-frou fluorescent, le porte-jarretelles illustré, les culottes fendues, les soutiens-gorge pigeonnants et le reste à l'avenant. Il fallait le voir pour le croire. Miss

Boum Boum rentrait chez elle en bonne sœur, imperméable mastic, capuchon en plastique, cartable noir et ressortait, dix minutes plus tard, telle la divine Divine de *Pink Flamingo*.

Si j'ai eu deux mères, la mienne et ma tante Suzanne, j'ai eu aussi deux familles. Celle qui m'est échue par naissance et celle de Pater. J'étais chez eux comme chez moi. Mieux que chez moi, même, parce que là, au moins, on ne s'engueulait pas.

En tout cas, pas quand j'étais là...

Chaque année, à Noël, Mme Pater entreprenait de m'apprendre à danser le tango. J'apprenais et j'oubliais aussitôt. Elle ne m'en voulait pas. Nous recommencerions au jour de l'an...

J'aimais surtout passer les soirées avec eux quand il y avait René, l'oncle de Pater, un flic qui réglait la circulation aux carrefours. Son titre de gloire était d'avoir assommé d'un coup de bâton blanc une passante venue lui demander un renseignement. René était distrait, il ne l'avait pas vue. C'était un poète, un artiste du Super 8 dont tous les films, tournés au mois d'août, commençaient par le plan de la pancarte indiquant la localité où la prise de vues était faite. Suivait un autre plan, là aussi toujours le même, où la tante Zézette ouvrait les volets de la villa en location.

René était un artiste systématique.

Il faisait des photos en noir et blanc et des diapositives en couleurs. Un soir, il réussit l'exploit de s'endormir en nous montrant dix ans de gaullisme en deux cent soixante-dix-sept diapos. Nous, nous dormions déjà, affalés dans le canapé après le repas. Seule une odeur de pellicule brûlée nous réveilla tous peu de temps avant l'arrivée des pompiers.

Mais il y avait aussi d'autres dîners, quand Jacques Perret, le parrain de Pater, venait passer la soirée avec sa femme. Chez Daniel Pipard, un peintre qui avait son atelier rue de Ménilmontant, j'avais vu Pierre Mac Orlan (l'air très méchant), Édith Piaf (pas plus haute que moi) et Jacques Prévert (plein de douceur et de pastis), mais je n'étais que le fils de mon père, un enfant à qui l'on faisait guili-guili. Chez les Pater, c'était différent, j'étais désormais assez grand pour me mêler à la conversation. Ce que je me gardais bien de faire avec Jacques Perret, ayant reçu, comme prix de ma présence, de sévères consignes de silence.

Jacques Perret militait pour l'Algérie française et défendait ses idées dans des journaux d'extrême droite. Le sujet était tabou. S'il en parlait, on se taisait et quand sa femme portait un toast :

– À mort de Gaulle !

ma sobriété légendaire me dispensait de lever mon verre.

M. Pater et Jacques Perret avaient fait la guerre ensemble, comme Perret le racontait dans *Le Caporal épinglé*. J'étais impressionné, ce livre que je lui faisais signer, c'était lui qui l'avait écrit, comme *Bande à part*, *Ernest le Rebelle*, *La Bête Mahousse*... M. Pater (Eugène) et Pater (Jacques, comme Perret) peuvent ainsi se vanter, ce n'est pas si courant, d'être, de père en fils, des personnages de roman. Au passage : dans le film tiré du livre, quelle idée a eue Jean Renoir de confier à un petit gros transpirant le rôle de Pater, alors que le père de Jacques était un homme fin, élégant, distingué, qui faisait plutôt penser à Gary Cooper...

Renoir avait un solide préjugé bourgeois sur la représentation du populaire.

Perret avait l'œil bleu ironique et le geste aristocratique. Ce républicain prétendait en tenir pour la monarchie, mais quelque chose me disait que c'était pure provocation. Comme je n'arrivais pas à tenir ma langue à cent pour cent, je l'accrochais sur la poésie, l'écriture, l'engagement. Il souriait de mes rages adolescentes et me renvoyait dans les cordes avec un affectueux détachement. Perret avait de la classe et du style. Il mijote aujourd'hui au purgatoire des écrivains perdus par la politique. Je ne le plains pas. Il défendait ses idées quel que soit le prix à en payer. Qui dit qu'un jour nous ne nous retrouverons pas dans la même marmite ? Chacun d'un bord, mais au fond du même côté.

Nous venions de finir le rôti de porc pommes boulangère quand on sonna à la porte chez les Pater.

Qui pouvait bien sonner un dimanche à cette heure-là ?

Gégène, M. Pater, posa sa serviette et alla ouvrir en ronchonnant. Ça sentait la catastrophe. Ça l'était. C'était Miss Boum Boum en ébullition, avec costume folklorique et peintures de guerre.

M. Pater revint dire à son fils, d'un ton peu amène :

– Jacquot, c'est pour toi.

Miss Boum Boum avait fait fort : non seulement elle portait des bas résille et des escarpins rouges assortis à sa minijupe ras-le-bonbon, mais son corsage offrait au regard de tous les débordements mappemondesques de sa gorge. Pour un peu, elle aurait entonné son refrain préféré :

« *Je suis biaiseuse chez Paquin,*

Je biaise du soir au matin... »

Jacques crut plus prudent de la faire disparaître dans sa chambre et referma la porte.

M. Pater, masqué, se taisait.

Mme Pater servit le dessert.

Nous attaquâmes le génois à la confiture dans un silence impressionnant. Manger du génois et parler en même temps relève d'ailleurs de l'exploit... Je n'osais pas penser à ce que savaient tous ceux qui avaient fait un tour de manège avec Miss Boum Boum. En amour, c'était une hurleuse. Pas une geignarde ou une crieuse, non, une véritable hurleuse dont les braillements étaient plus sûrement capables d'alerter la population entière du XXe arrondissement en cas d'attaque aérienne que les sirènes de la mairie.

Ce qui devait arriver arriva.

Bientôt nous entendîmes des « ho ! » et des « ha ! », des « oui-oui-oui ! » et des « non-non-non ! », des « oh-oh-oh-ah-ah – AH ! » et des « oui-ha ! oui-ah ! oui-ah-ah-aaaaoooOOOH ! » sans compter les « donne-moi tout ! », les « encore ! », les « j'te sens au fond ! », les « viens ! viens ! viens ! » et d'autres moins articulés...

Impossible de faire semblant, même avec du génois plein la bouche.

Les murs tremblaient, le lustre faisait gling gling, les meubles attrapaient la danse de Saint-Guy. C'était l'apocalypse dans un trois-pièces cuisine. Du blanc, le visage de M. Pater vira au vert, même au vert-de-gris, ce qui n'était pourtant pas du tout son genre. Et ça durait. Ça durait au-delà du supportable. Mme Pater, hochant la tête, me glissa d'un air contrit, se tournant vers la chambre de son fils :

– Tout de même, il exagère...

Sur les quais

Après avoir mené grand train nos études et les avoir abandonnées en rase campagne, Pater, Penna et moi, nous voulions travailler. Vantrou, déjà casé, faisait le service au Tamaris, un restau où sa mère préparait les hors-d'œuvre. Je commençai par vendre des pommes de terre au cours des halles de la rue des Pyrénées. La patronne m'avait à la bonne...

Un voisin me débaucha pour les halles de Paris.

Je fis ma première nuit à la viande, poussant des wagonnets de boyaux, repoussant du pied des gaspards gros comme des chats, me gardant à droite, me gardant à gauche des malabars en tabliers tachés de sang qui me regardaient avec appétit. Les bouchers aiment la chair fraîche. Je désertai avant de me retrouver emmanché comme un gigot derrière les portes d'un frigo.

Je fis ensuite deux nuits à la marée, où l'on embauchait à trois heures du matin. Au poisson, si les commis gagnent grassement leur vie, les grouillots n'ont droit qu'à rester les mains dans la glace, à s'écorcher les doigts, à puer d'une odeur tenace que rien ne saurait effacer. À la viande, c'était avec les rats qu'il fallait se bagarrer, au poisson, c'était avec les greffiers. N'ayant pas le goût de La Fontaine pour la fable animalière, je lâchai pour une place aux légumes, où les bestioles affamées ne se pressaient pas. Ou celles qui s'y pressaient, on ne les voyait pas.

Pater, de son côté, faisait coursier à mobylette chez Gallimard.

Il nous racontait Aragon : avare, Dumézil : un vieux pédé, Henry de Monfreid : une antiquité que sa femme houspillait pour qu'il ne sorte pas sans son béret ni son cache-nez. Et parfois, en récompense, la porte de Romain Gary qui s'ouvrait sur la sublime Jean Seberg...

Pater – digne neveu de son oncle René –, par distraction, brûla un feu, franchissant un carrefour sans regarder. Résultat : deux clavicules cassées et les bras immobilisés façon portemanteau. Nous avons bien ri, à l'hosto, de le voir incapable de se gratter le nez ni le reste.

Penna, lui, mourait d'ennui au service courrier de chez Rhône-Poulenc. Il réussit néanmoins à coincer son chef dans un monte-charge et à partir déjeuner en omettant d'avertir le service sécurité. Un exploit qui lui valut non pas de recopier des vers, mais de prendre son paletot et de se diriger vers la sortie...

Comme individuellement le travail ne nous réussissait pas, nous avons décidé de travailler à trois. Pater, Penna et moi, nous voulions former un trio de prolétaires à l'égal du trio Raisner. Mais sans les harmonicas.

D'emblée, nous avons réussi à nous faire embaucher gare d'Austerlitz pour décharger les camions livrant les trains de marchandises. Le travail n'était pas cassant, sinon qu'il faisait froid et que nous devions être là ou très tôt, ou très tard.

Le semi-remorque arrivait, se rangeait le cul à quai ; nous nous précipitions. Il fallait tout sortir en moins de temps qu'il n'en faut pour le dire et répartir les colis sur des wagonnets plats tirés par un Fenwick. Travail de force qui me permit, à tout jamais, de distinguer les première et les deuxième classes, les express et les rapides, le chef et le sous-chef. Surtout le wagon de la voiture. Un chef de gare ne crie jamais « en wagon ! » aux retardataires :

– Le wagon, c'est pour les bestiaux, la voiture pour les animaux, plaisantaient les anciens qui ne craignaient pas le comique de répétition.

Nous avons vu passer de tout, des vélos, des armoires, des caisses de boulons, des bourriches d'huîtres, des cantines de linge, des bacs en plastique, même un petit ours brun dans une cage. Notre chef, un Morvandiau, parlait le Queneau sans peine.

Quand il nous lançait d'une voix gutturale : « Maikèkevoufoutélà ? Faumonter'alavandernierdumilin ! » il fallait comprendre qu'on nous réclamait à l'avant-dernier wagon du convoi numéro mille un.

C'était presque aussi bien articulé que Marlon Brando jouant *Sur les quais*.

J'aurais volontiers continué à faire le Jacques avec les deux autres boute-en-train, à cirer les rails, à ramasser les capsules et les papiers gras entre les traverses, à balayer le quai en chantant *Comme la plume au vent*, mais l'horizon était barré d'un heurtoir muni de deux tampons. Pour un ticket de quai, je n'allais pas vendre mon âme au diable (chariot à deux roues basses servant à la manutention de lourds fardeaux) ni épouser Marie-Jeanne (chariot à quatre roues utilisé pour le transport des colis). À l'imitation de la locomotive qui, le 22 octobre 1895, sortit de la gare Montparnasse par une fenêtre, je m'échappai d'Austerlitz avant d'être rattrapé par le Morvan et ses exercices de style.

Mes deux copains prirent le train en marche et se tirèrent avec moi.

La Poste nous ouvrit les bras.

Encore une fois à tous les trois, comme les Marx Brothers, les Stooges ou les Pieds Nickelés ! La règle du jeu était simple : de huit heures du soir à six heures du matin, nous devions nous tenir devant une trentaine de casiers portant chacun le numéro d'un département. Il s'agissait de les remplir à la vitesse grand V. Cinq cents lettres au quart d'heure à orienter dans la case correspondant à leur lieu d'arrivée.

Pas le temps de respirer ni d'aller pisser...

Nous étions plus d'une centaine au tri et, parmi tous, trois phénomènes. Pas nous, trois autres : un travesti qui bossait en talons aiguilles et soutien-gorge à balconnet, Braquemard-le-Grand, un vieux débris qui, pour une tournée de pastis, vous montrait sa bite de trente centimètres de long, et Mordebout, un malade du travail, capable de trier pendant vingt heures de rang.

À la Poste, les heures supplémentaires s'appellent les « Californie ».

Ça fait rêver.

Comme tous les autres, nous faisions des « califs » pendant nos jours de repos. Nous faisions aussi des jours de repos pendant les heures de travail, triant à la poignée quand les inspecteurs ne nous surveillaient pas. J'avais pour voisin un débile léger surnommé « Boubou Labornack, l'enfant sauvage de la Creuse ». Il travaillait avec une lenteur calculée, prenant chaque pli à pleines mains, scrutant longuement chaque adresse avant de me demander :

– Lisieux, c'est le 67 ?

– T'es con, Lisieux, c'est le 26 !

– Ah oui, merci.

Et il le mettait devant lui, au 34.

Nous faisions des paris, définissions des martingales, inventions le loto de Boubou. La nuit passait plus vite, même si les lettres mettaient plus de temps à parvenir à leurs destinataires...

Le plus beau est qu'elles y parvenaient !

C'est l'honneur de la Poste de ne jamais renoncer à acheminer une lettre, fût-elle particulièrement mal adressée. Un chef remarqua ma disposition naturelle à déchiffrer les écritures les plus tarabiscotées, les illisibles, les incompréhensibles, les mal orthographiées. Je fus détaché du service général et affecté à ce courrier handicapé. Je devins le Champollion du centre de tri. Pater et Penna passèrent aux colis. Nous étions peinards, eux à lancer des paquets dans les « cocottes », moi dans mon coin à m'esbigner sur « mosiedu ran 5 Rémi dèche Vreuse Fronce »...

La plupart de nos collègues venaient du Sud-Ouest. Ça mettait de l'ambiance. On se disait « Adieu » pour se dire bonjour, « Dioubiban » pour dire merde et « con » à tout bout de champ. Pas une nuit ne s'achevait sans qu'un amateur de rugby découvre un colis judicieusement emballé comme un ballon.

Il lançait son cri de guerre :

Allez-y poussez poussez les avants de Bayonne
Allez-y poussez poussez les avants bayonnais !

Aussitôt il se trouvait des adversaires :

Allez-y poussez poussez les couillons de Bayonne
Allez-y poussez poussez les couillons bayonnais !

L'engagement se faisait d'un coup de pied en chandelle suivi d'une mêlée générale. Même le travesti s'en mêlait. Passes, dribbles, ouverture côté fermé, déploiement des trois-quarts, drop-goal jusqu'à ce que l'une des deux équipes aplatisse dans le camp adverse. Généralement, le colis n'avait plus forme humaine. Heureusement qu'il y avait du ruban adhésif spécial pour le rafistoler. Un beau ruban jaune décoré de place en place de la mention « ouvert par erreur ». C'était dingue comme on pouvait aussi ouvrir par erreur les bouteilles de rhum en provenance de la Martinique et les revues pornos adressées sous plis discrets...

Le chef de Penna fêta ses quarante ans.

Vu la tête qu'il avait, c'étaient ses quatre-vingts bougies qu'il aurait fallu souffler. La nuit postale tue vite ses enfants.

Il était temps d'aller se faire pendre ailleurs.

Sans compter que la mise en service de machines à trier avait tout pour nous déplaire. On ne triait plus devant des casiers mais devant un clavier, comme des secrétaires. La lettre tombait devant l'opérateur, il tapait le code correspondant et une autre tombait aussitôt. C'était comme une télé qui diffuserait ses programmes image par image ; pire, comme une soirée diapos sans photos.

Un des premiers à s'y coller fut Mordebout. Ce n'était pas un service à lui rendre que de l'asseoir devant l'écran noir de nos nuits blanches. À peine installé, Mordebout s'endormit. Chacun put venir constater qu'il en écrasait sévère, mains pendantes, bouche ouverte. En bons camarades, nous ne pouvions pas le laisser comme ça. Il fallait le réveiller avant qu'un inspecteur le pince à roupiller. J'allai chercher une bouteille d'eau, Penna monta sur une chaise et déboutonna son pantalon comme s'il allait pisser.

– Prêt ?

– Prêt.

Je laissai couler un mince filet liquide dans la gorge du dormeur qui d'abord ne réagit pas, avalant ce qui lui rafraîchissait le gosier. Mais, goutte après goutte, le petit ruisseau devint une grande rivière et Mordebout déborda. Il toussa, s'étrangla et se réveilla d'un coup face à Penna qui secouait son engin devant son nez.

Ce n'était pas Braquemard-le-Grand, mais tout de même...

Mordebout se releva d'entre les morts et, miracle !, se mit à courir en rond, comme un canard à qui on aurait coupé le cou. Les inspecteurs eurent un mal fou à le rattraper.

C'est aussi ce matin-là qu'on découvrit que les lavabos des toilettes avaient été volés.

Tout se barrait en couille...

Quatre dames pour un roi

J'avais dix-huit ans.

Partant du constat qu'il n'est de grande littérature que littérature d'exil (Conrad, Joyce, Beckett, Nabokov, etc.), j'abandonnai mes Pyrénées pour un placard à Vincennes, rue Eugénie-Gérard. Ô saison, ô château, d'un sixième sans ascenseur, je passais à un septième par l'escalier de service. Je grimpais dans l'échelle sociale, mais j'y grimpais toujours à pied. Pour le reste, je ne fus pas trop dépaysé : la vue était imprenable et les W.-C. sur le palier. Il suffisait, dans ce meublé, d'écarter les bras pour toucher les murs. Et quand Eugénie manqua à Gérard, j'y fus plus d'une fois écartelé...

Mais cela ne dura pas. Je venais d'entrer dans une compagnie d'assurances près de la gare Saint-Lazare. Suivant l'exemple de Lacenaire qui, selon Jacques Prévert, refusait d'être exécuté par un bourreau de province, j'entrepris de m'élargir, sans même donner mon congé.

Je revins à Paris ventre à terre.

Fidèle à la réclame vue à l'étal d'un boucher, « Je livre en ville », j'avoue que j'ai beaucoup livré. Je courais rue de Cadix où la belle m'attendait, tendrement allongée, nue, offerte, masquée. Je grimpais rue

Charles-Baudelaire, qui a pour singularité d'abriter le collège Paul-Verlaine. C'est une rue d'anthologie. J'inaugurai mes nouveaux quartiers passage Courtois, pour le simple plaisir d'orthographier : *pas sage ? Courtois...* à celles que, par courrier, j'invitais à s'adresser à moi...

J'entrai seul dans les assurances. Pater et Penna n'étaient pas du voyage. Il n'y avait qu'une place à pourvoir. Elle fut pour moi. J'entrai là comme d'autres entrent en religion. C'était me retirer du monde, pointer tous les matins à huit heures et quitter le soir à dix-sept heures, après une journée dans la poussière et le papier. Les assurances présentent cependant un avantage sur la religion et le tri postal. L'austérité monacale de leurs bureaux est compensée par l'emploi d'un personnel mixte.

Comme jadis et naguère, les femmes furent mon salut.

Dans le service où j'étais affecté, il y en avait quatre : Ghislaine, la secrétaire du chef comptable, Renée (dite Nénette), employée de base comme Anne-Marie Dodue, sa collègue, et enfin Mme Papin, sous-chef de bureau et maîtresse femme dont le port et la stature en imposaient à tous. En premier à son mari, le maigrelet M. Papin qui travaillait là, lui aussi, tâchant de se faire oublier. Les autres hommes n'en menaient pas plus large : M. Pitard, notre patron, un hareng lunetteux qui vous serrait la main du bout des doigts, Michel, le caissier, Brochut, l'ermite alcoolique des archives.

Quatre dames pour un roi : moi.

M. Pitard, reconnaissant d'emblée ma souveraineté, préféra me mettre à part. Il me conduisit en personne à mon poste de travail, un réduit à côté des toilettes, que je devais partager avec un collègue plus âgé.

– Noël, Léon Noël..., dit-il en se présentant. Noël/Léon, Léon/Noël... Vous avez remarqué, c'est la même chose à l'envers, comme Noyon ou Laval.

– Oui, c'est un palindrome.

Ma remarque le chagrina. Je lui gâchais son effet.

Pour se venger, il me donna du « M. Borbilla... », écorchant mon nom à chaque fois qu'il s'adressait à moi.

Je dus mettre les choses au point :

– Mordillat, comme « mordiller » conjugué à l'imparfait du subjonctif.

Cet imparfait m'a toujours chagriné. Ce subjonctif aussi. Pourtant, c'est bien moi, plein de doute et de volonté mêlés.

– Prénom : Gérard. Ça vient d'Allemagne. Et ça aurait comme sens premier : « lance puissante » !

L'allemand est une langue injustement décriée.

Léon était épaté.

J'en profitai pour ajouter que je n'étais pas le seul Gérard Mordillat de l'histoire. Il y en avait un autre qui rôdait dans Paris. Un chauffagiste avec qui j'avais trinqué, un soir, près de chez moi. Depuis, de temps à autre, il me faisait suivre le courrier qui lui était adressé par erreur. Il ajoutait toujours un petit mot aimable. Je guettais l'occasion de lui rendre la pareille, de le féliciter pour ses cheminées, ses radiateurs, comme si je m'adressais à moi-même ce genre de compliment.

Et ce n'était pas tout.

Dans un très vieux journal, le hasard m'avait fait découvrir le fait divers suivant : « *Les inspecteurs de police Virot et Tesseydre inspectèrent les terrains de camping et, le 19 mai, arrêtèrent Gressard au bord de la Marne, à Noisy-le-Grand. Il avoua faire partie d'une bande de cambrioleurs dont le chef était Lequestre, qui vivait sous le nom de Gérard Mordillat.* »

Et de trois pour le prix d'un !

– Si on allait arroser ça ?

Léon Noël ne mettait pas que son nom à l'envers. Il était né assoiffé. À la première émotion, à la première contrariété, il soupirait :

– Je reviens...

Et filait au bistrot du coin.

Si M. Pitard ou Mme Papin s'inquiétait de son absence, je devais répondre sans hésiter :

– Il est aux archives.

Et bigophoner sans délai au tabac :

– Remonte, on te cherche !

Léon remontait se faire remonter les bretelles. Il écoutait les remontrances, tête basse, sans jamais répondre pour ne pas risquer de souffler au nez de son censeur les preuves manifestes de son éthylisme. Une fois le savon passé, il redescendait se rincer la dalle pour noyer son chagrin dans l'alcool. Brochut, aux archives, s'avinait lui aussi, mais d'une autre manière. Il arrivait le matin avec, dans son grand cartable de cuir brun, un, deux, voire trois litres de vin enveloppés dans du papier aluminium. Il rejoignait son poste et ne réapparaissait qu'à dix-sept heures, les yeux vitreux, le teint rouge violacé, la bouche humide.

J'étais comme un coq en pâte. Je vivais sur une île, loin du continent et des chefs. Il était naturel que mon insularité attire des sirènes...

Nénette m'apporta un gâteau qu'elle avait fait elle-même, en pensant à moi, précisa-t-elle ; Mme Papin m'offrit des caramels mous au beurre salé, Mme Dodue des crottes en chocolat. Quant à Ghislaine, c'est son berlingot qu'elle me sacrifia...

Michel m'avait gentiment averti :

– Le problème, avec Ghislaine, c'est qu'elle n'est pas assez ouverte...

À vingt-sept ans, Ghislaine vivait encore chez sa mère et consacrait ses loisirs au scoutisme. Un samedi matin, à l'aube, elle frappa chez moi, le cœur battant. Lorsque je la découvris devant ma porte en grand uniforme avec béret, foulard, chaussettes montantes et fourragère, le mien s'arrêta net. Elle tenait à la main une longue branche de noisetier au sommet de laquelle un artiste avait sculpté une laie, son totem.

Je bredouillai :

– T'as déserté ?

C'était pire que ça :

– J'ai menti à maman...

Qu'un voisin la surprenne à brouter mon paillasson, et ma réputation était ruinée dans le quartier.

Je la fis entrer d'urgence.

Ghislaine avait du savoir-vivre et de l'éducation, elle avait apporté des croissants. Je lui offris du café, elle refusa. Elle ne prenait jamais d'excitant...

Ça promettait.

Ghislaine commença par m'observer de la tête aux pieds : revue de détail. Avec mon vieux peignoir vert, mes savates, mes cheveux en pétard, je ne devais pas présenter l'allure du prince charmant tel qu'elle l'avait imaginé. Encore moins celle du mari pour qui, depuis longtemps, elle se réservait.

– Faudra que je t'offre un pyjama.

– Non merci. Je n'en mets jamais.

– Pourquoi ?

– J'ai horreur de ça.

Je lui expliquai que le pyjama était pour moi le symbole de la vieillesse incontinente, de la maladie incurable, de la déportation et de la mort.

Elle soupira :

– Ah mon Dieu, vaut mieux entendre ça que d'être sourde !

Et, renonçant à rectifier ma tenue, Ghislaine oublia toute réserve. Elle tira les rideaux, éteignit mes deux lampes et se déshabilla comme on se déshabille chez le médecin. Elle plia ses vêtements sur le dossier d'une chaise, roula ses chaussettes dans ses chaussures, accrocha sa fourragère et son béret au même endroit. Puis, aussi nue que Dieu l'avait faite, avec calme et détermination, elle s'allongea sur le lit en glissant sous ses fesses une serviette éponge qu'elle avait apportée :

– À cause du sang...

Et, bras tendus, jambes fléchies, adopta une position qu'elle avait dû étudier dans une revue de secourisme, elle fit le signe de croix et m'ordonna de venir l'honorer.

À moi Balzac ! Je ne croyais pas qu'on puisse encore parler comme ça...

– T'honorer ?

– Oui, répondit-elle, sans que sa voix tremble.

Je bredouillai :

– T'es sûre ?

– Viens.

Il n'y avait plus moyen de reculer.

Ghislaine avait gardé ses lunettes. Fors l'honneur, c'est bien la seule chose qu'elle garda.

Le samedi suivant, Ghislaine avait un camp à Saint-Leu, en forêt. L'aumônier en personne souhaitait prendre la tête de sa meute. Elle regrettait, me dit-elle, mais elle ne pourrait se rendre disponible.

Ghislaine indisponible, je me retrouvais en disponibilité. Mme Papin, à son tour, me trouva de bon matin en état de peignoirdisation avancée. À peine entrée, elle se laissa choir sur le coin de mon lit et se mit à faire la chouette. Bouhou hou hou hou hou... elle n'aurait pas dû venir, elle avait honte, elle avait peur, elle était folle, inconsciente, irresponsable, parjure, criminelle...

Comme Ghislaine, Mme Papin avait apporté des croissants.

Je lui offris un café espérant la calmer.

– Je ne dis pas non, dit-elle pour dire oui.

Elle en avala trois tasses coup sur coup et mangea trois croissants sans me laisser le temps d'en goûter un. Je la servais pour la quatrième fois lorsqu'une nouvelle crise de larmes la submergea. Je craignis le pire : elle allait se jeter par la fenêtre, tout avouer à son mari, se pendre à la suspension, ouvrir le gaz... Fausse alerte, ce n'était pas sa conscience qui la tourmentait mais sa vessie.

Elle pleurnicha :

– Où est le petit coin ?

– Sur le palier...

Elle y courut en serrant les cuisses, gémissant « pipi » à chaque pas. Vidée par le haut, elle se vida par le bas et revint s'étendre sur le lit pour finir son café :

– Tu sais, je n'ai pas remis ma culotte, dit-elle, soudain transfigurée.

Et elle m'agita sous le nez son dessous rose et noir en même temps qu'elle avalait son dernier morceau de croissant.

Ce fut ce qu'on appelle un café allongé...

Le samedi suivant, Nénette ne frappa pas à ma porte. Le samedi, elle ne pouvait pas ; elle faisait le marché avec son mari. Il ne fallait pas compter sur elle le dimanche non plus. Le dimanche, c'était sacré. Après le poulet dominical, le café et le pousse-poulet, elle faisait la cocotte.

L'après-midi était consacré au devoir conjugal.

Et Nénette avait le sens du devoir.

Mais une fois son devoir accompli, libérée de ses obligations matrimoniales, dès le lundi, gaie comme un pinson, libre comme un papillon, Nénette s'en donnait à cœur joie. Il ne fallait pas lui en promettre. C'était tout et tout de suite. Léon au bistrot, Nénette se précipitait dans mon bureau :

– Tu viendrais pas tremper le biscuit ? lançait-elle, comme un défi.

– Vite fait sur le gaz ?

– Je veux, mon neveu !

Elle m'entraînait aux archives, dans les toilettes dames, dans le local de la chaudière, dans la remise du matériel de ménage, dans les sous-pentes mansardées, et même à la cave, où se trouvait le compteur d'eau. Pas le temps de s'attarder. Nénette baissait pavillon, je relevais le défi, et roulez jeunesse ! Encore un gagnant, encore un militaire ! Nénette débordait dans l'effort. Elle suait, elle gloussait, elle bavait, elle pouffait, elle pétait, elle criait, elle riait, elle râlait, elle hululait. C'était l'Italie en trois jours, les châteaux de la Loire en vingt-quatre heures, Paris by night au milieu de la journée.

Après la visite touristique, en sortant du car, il n'y avait pas que le biscuit qui était trempé...

Restait Mme Dodue...

Femme d'un colonel de gendarmerie, mère de deux enfants, Anne-Marie avait des yeux dont on ne voyait pas le fond et des rondeurs émouvantes qui justifiaient son nom.

– Celle-là, c'est une reconnaissante, disait Léon. Une qui dit merci quand c'est fini et bravo quand ça lui plaît.

Et, philosophe :

– Des filles comme ça, on n'en fait plus. Aujourd'hui, la mode est à l'ennui.

– Je te paye un coup ?

– Ah, si tu me prends par les sentiments...

– J'arrive, va devant.

La situation d'Anne-Marie était compliquée, la

mienne aussi. Nous devions redoubler de prudence : elle, à cause de son époux ; moi, à cause de mes trois femmes. Ghislaine me regardait avec des yeux de merlan frit en suçant le capuchon de son stylo, Mme Papin n'en finissait pas de venir vérifier mes additions :

– Je me suis faite toute douce, roucoula-t-elle un matin, m'encourageant à vérifier de la main qu'elle n'avait plus le moindre poil pubien.

Dans l'intimité, l'imposante Mme Papin était une petite fille.

Nénette pratiquait la guérilla et l'attaque surprise. C'était Che Guevara plus Hô Chi Minh. C'était aussi Barbara Cartland dans ses « désirs irrépressibles ».

Anne-Marie et moi, nous nous retrouvions tous les jours à l'heure du déjeuner, entre midi et deux, le matin avant d'aller bosser, le soir après la fermeture. Elle me disait : « Fais ci, fais ça, je veux ton doigt, je veux ta langue, je te veux toi, laisse-moi te voir, regarde-moi, prends-moi maintenant, prends-moi encore, ne me lâche pas, tiens-moi, baise-moi. » Je l'écoutais comme à l'école, l'additionnant, la multipliant, la divisant de mes désirs, l'ornant d'une frise de baisers. Debout, couchés, assis, à genoux, tout nus, habillés, avec elle la récréation n'était jamais terminée. Nous vivions collés, emboîtés façon ébénisterie.

Une vraie folie...

Il n'y avait que le week-end où je faisais relâche. Enfin, jusqu'à un certain point, puisque Ghislaine n'avait de cesse que je la suive en campagne et Mme Papinpanpanculculpipicacapopot venait me faire son carnaval à domicile. Pourtant, j'avais bien besoin de repos : je ne mangeais plus, je ne dormais plus, et toute ma paye passait en chambres d'hôtel...

Je fis la connaissance du colonel de gendarmerie un soir, dans le métro. J'embrassais tendrement sa femme quand il me tira par le bras. Je me retournai, pensant avoir affaire à un touriste égaré. C'était un petit homme aux lunettes noires, sévères, au costume bleu pétrole.

Il ne disait rien, il criait :

– Non ! non ! non !

Pas d'injures. Pas de menaces, que :

– Non ! non ! non !

Quand Anne-Marie, blême, lui souffla :

– Rentre à la maison...

Je compris qui il était.

– C'est ton mari ?

– Qui veux-tu que ce soit ?

– Non ! non ! non !

– Tais-toi. Rentre à la maison !

Je battis lâchement en retraite :

– Je crois que je vais vous laisser...

La situation était, pour le moins, embarrassante. Le colonel me servit une nouvelle salve de :

– Non ! non ! non !

Et se jeta sur moi sans sommation, les bras en avant. C'était maladroit. Je l'esquivai et, d'une pichenette, je fis voler ses lunettes à trois mètres de là. Je couchais avec sa femme, mais je n'étais pas sans morale : jamais je ne me battrais avec un plus petit que moi. Il y eut un attroupement.

– Il m'a frappé ! criait le colonel. Il m'a frappé !

Je criais « Non ! non ! non ! » histoire de faire diversion.

D'honnêtes citoyens essayèrent de se saisir de moi. Anne-Marie s'interposa :

– Laissez-le, c'est mon mari !

Il y eut du flottement parmi les auxiliaires spontanés de la police des mœurs : qui était le mari ? Le petit binoclard ou le grand frisé ?

J'en profitai pour m'esquiver.

Je n'ai jamais revu le colonel de gendarmerie. Il manquait de conversation avec ses « non ! non ! non ! ». En revanche, avec Anne-Marie, même si cet épisode nous avait un peu refroidis, c'était toujours : « Oui ! oui ! oui ! »

Sans être épris l'un de l'autre, nous étions vraiment pris l'un par l'autre. Alors ça a duré, d'hôtel en hôtel, de samedi matin à l'aube en dimanche à l'heure des vêpres, de dix minutes par-là à deux heures sans s'arrêter, jusqu'au jour où j'ai abandonné à leur destin Léon Noël, Mme Papin, Ghislaine, Nénette, M. Pitard, notre patron, Michel le caissier et cet alcoolique de Brochut, qui ne se rendit même pas compte de mon départ.

En entrant, j'étais plutôt un garçon réservé, en les quittant, j'avais pris de l'assurance.

Ô vélo ô châteaux

Je n'avais plus de travail, j'avais un peu d'argent. Je passai le permis de conduire à l'auto-école de la rue du Retrait et je partis faire du vélo loin de Paris. Le vélo a toujours beaucoup compté dans ma vie. Presque autant que la Révolution française, la Commune, les mutins de 17, les grèves de 36, les Brigades internationales, les Résistants de la première heure...

C'était à... près de... elle s'appelait... points de suspension : restons discrets, ses parents la tenaient serrée ; elle avait les yeux bleus, des cheveux bruns délicatement frisés, un corsage blanc, des chaussures plates et un sourire comme on n'en voit qu'aux saintes dans les églises. Elle avait aussi plus de poitrine que les autres filles de son âge et lorsqu'elle faisait voler sa jupe, c'était magique de voir la lune en plein jour sous le plissé « soleil ». Elle avait, comme aurait dit mon père, « la pissotière haute »... Ses longues jambes, son nez pointu et son goût pour le vélo nous rapprochèrent immédiatement. J'ai pu constater depuis que les filles au nez pointu, plus que les autres, ont une attirance pour la bicyclette.

Une veuve me prêtait le vieux spad noir de son défunt mari, un clou à moitié rouillé qui développait un braquet digne d'une tentative de record du monde de l'heure ; elle avait un Peugeot flambant neuf – cadeau d'anniversaire – qui comptait deux plateaux et au moins dix vitesses. Elle me mit au défi de la suivre en forêt : cinq kilomètres de faux plat, de bosses, de raidillons et, pour finir, un mur au pourcentage monstrueux, au sommet duquel nous devions nous départager.

Le perdant aurait un gage.

Je la laissai partir en tête.

Pas uniquement par galanterie. Trop de pages ont été noircies sur les charmes d'une femme qui vous précède dans un escalier et trop peu sur l'as de pique d'une cycliste pédalant devant vous, fesses épanouies sur la selle de son mi-course.

Passons sur les péripéties du parcours préliminaire pour aborder directement l'emballage final. Mon adversaire se présenta en tête pour attaquer la côte de la forêt. Je la suivis avec une longueur de retard. Elle se mit en danseuse. Je l'imitai. Elle força l'allure, j'en fis autant, zigzaguant d'un bord à l'autre, d'autant qu'à contre-jour, ses dessous transparaissaient sous le coton doux de sa jupe. C'est dire si j'avais des raisons de tirer la langue.

Le mur me fut fatal.

À vingt mètres du sommet, je bloquai, cuit, incapable d'aller plus loin. Je partis en biais et tombai tête la première dans les sous-bois. La bonne âme se précipita à mon secours. Comme je manquais d'oxygène, elle desserra ma ceinture et pratiqua la respiration assistée. L'effet fut immédiat. Je grimpai le mont Chauve, le col du Pertuis et celui de la République. Je ne saurai jamais si cet incident fut le fruit du hasard ou d'une stratégie mûrement préméditée, les pensées des filles sont difficiles à pénétrer. Pourtant, je dois avouer qu'au milieu des fougères, ma foi, je fis preuve de pénétration.

Au fond, elle n'était pas si serrée que ça...

En tombant de mon vélo, j'étais tombé amoureux, découvrant par là même l'origine de cette expression qui m'avait toujours intrigué. Je ne m'appartenais plus. J'appartenais à mon amour. Je voulais tout d'elle. Peut-être en voulais-je trop, car assez vite, elle ne voulut plus de moi. Son frère lui avait abandonné son Solex, elle rêvait de berline familiale, de pavillon, de salon en teck, de cuisine équipée, de chambre à coucher payable en plusieurs mensualités. Elle rêvait aussi d'avoir un chien :

– Un gros toutou !

Je n'étais pas d'accord :

– Je n'aime que les chats !

– Celui-là, tu l'aimeras...

– Si on en fait une descente de lit...

Mon amour sombra dans une dispute animalière. Pourtant, nous avions déjà choisi les prénoms de notre premier enfant : Germinal si c'était un garçon, Garance si c'était une fille, en hommage à Prévert et ses enfants du Paradis...

Depuis, je n'aime plus les vacances.

Je rentrai à Paris le cœur gros.

Cela me coupa l'appétit. Ce n'était pas plus mal. Je veux bien mourir d'amour, mourir au cours d'un sprint, mourir tout court, mais je ne veux pas mourir gros. Un vrai cycliste doit ressembler à un lapin écorché. La morphologie du cycliste est, il est vrai, assez particulière. Pour le haut, cela ressemble assez à l'humain ordinaire, ni pansu, ni mafflu, que l'on croise dans la rue ou qui fait la queue au cinéma. Une tête, deux bras, un torse sans caractéristiques extraordinaires. Des oreilles décollées peuvent aider, par vent arrière, mais à part ça, il ne sert à rien d'avoir des gros bras ou des pectoraux gonflés à l'hélium. En revanche, pour le bas, tout change : les pieds, les mollets, les cuisses, les fesses d'un cycliste répondent à des exigences singulières.

Commençons par les mollets, puisque c'est par eux que s'opère la distinction entre cyclistes amateurs et cyclistes professionnels ou néo-pros, ou amateurs de première catégorie. Non pas, comme on pourrait le croire, par leur volume, leur masse musculaire, mais par le poil.

C'est le poil qui fait la différence.

Il y a les rasés (pros) et les poilus (amateurs). Le vrai pro a le mollet plus lisse que les boyaux de sa monture. Autant l'avouer immédiatement : j'ai les mollets poilus. Pas des pattes de chèvre, mais poilus tout de même. Plutôt cachemire que mohair. Du cachemire frisé. Espèce en voie de disparition. Cependant, avoir du poil aux pattes ne suffit pas. Encore faut-il avoir du nerf, du jus, pour se montrer dans un peloton. Sous mes poils, quand je suis vraiment au mieux, un beau sillon sépare mes muscles en deux. J'ai la raie aux mollets ce qui, chez les coureurs, est notoirement plus élégant qu'avoir la raie au milieu.

J'ai aussi des cuisses dignes de faire trembler les studios de Joinville.

Mais, pour en avoir sous la pédale, pour en avoir dans les chaussettes, le cycliste ne peut compter que sur ses pieds. Les miens sont d'une longueur appréciable, sans pour autant pouvoir être confondus avec des pattes de kangourou. Je ne chausse que du 44, grande largeur. À l'époque de la mode des chaussures italiennes à bout pointu, j'ai souffert le martyre tandis que mes parents souffraient financièrement. Ces pompes-là, je les explosais littéralement. Tous les bourreaux du monde auraient pu en prendre ombrage, ce n'est pas si courant de voir un supplicié défoncer ses brodequins.

Si d'autres ont vanté le cul des patineuses, le cul des cyclistes n'a rien à leur envier. Je pourrais presque le chanter en vers de mirliton :

Coursier ou pistard
Rien ne résiste
Au cul du cycliste
Dans le cuissard

Les boxeurs montrent leurs biceps, les cyclistes leurs muscles fessiers. Ils n'y perdent pas au change puisque, paraît-il, les femmes sont particulièrement sensibles à la forme, à la texture, à l'aspect des fesses des hommes. Faute de plaire pour ses beaux yeux, un cycliste peut donc espérer plaire pour ses belles miches. Étant né par l'arrière-train, tous les espoirs me sont permis...

C'est un mot d'amour : vélo. Un beau mot qui se monte et se démonte comme l'engin du même nom. On prend le V pour faire le cadre. Le L sert de guidon et de selle. De deux grands O on fait les roues ; d'un petit le pédalier. Et le é ? C'est le cycliste, tout simplement, avec sa casquette relevée par le vent. Vélo, ça se roule sur la langue aussi vite que sur la piste. Puis ça se retourne en verlan. Ça donne lové, voire love... Question d'accent. Ça donne volé, aussi. Vol et olé ! Ça donne le *el* des hidalgos et le ô lyrique des poètes à compte d'auteur.

Ô temps suspends ton vélo !

Le vélo n'a rien à voir avec la mécanique. Rien à voir avec le plancher des veaux, la terre grasse qui colle aux souliers. C'est aérien, le vélo, musical. Il suffit de pédaler pour faire chanter la chaîne : vélo d'amour lové, ô vol vélo volé, el vélo ô love, que comprendre à ma parole ? Il faut qu'elle fuie et vole !

Ô vélo, ô châteaux...

Le vélo n'est pas un moyen de déplacement, c'est un moyen de transport. De transports amoureux, s'entend. Le vélo, c'est beaucoup moins rapide qu'une moto, beaucoup moins confortable qu'une auto, beaucoup moins commode que le métro, pour ne citer que les rimes en O. Le Concorde, le TGV, la Vespa, la mobylette, la pétrolette, les rollers et même la patinette sont des moyens de se déplacer, d'aller bêtement d'un point A à un point B. Le vrai cycliste n'en a rien à faire d'arriver. Il ne roule pas pour aller quelque part, il roule pour rouler. Pour résoudre l'équation entre puissance et souplesse, saisir l'instant magique où l'homme, la machine, la route, le vent s'arrachent à la pesanteur pour connaître la vitesse pure semblable à l'immobilité.

La grâce, à vélo, n'est ni la force ni l'endurance, c'est la vélocité.

Le vélo, c'est une esthétique

Il faut croire aux mots quand on fait du vélo. Le vélo, c'est la métaphore parfaite de l'écriture. Sur la route, comme sur la page, c'est la même perfection que l'on cherche en repassant sans cesse sur la même trace. L'équilibre, le rythme, la scansion ne sont que la conjugaison du plateau et du pignon, de l'imparfait et du passé simple. Rouler, c'est écrire en lettres invisibles. C'est repasser sur sa propre trace autant de fois que l'écrivain revient sur ses mots qui roulent en peloton dans les romans, poèmes, essais, dictionnaires, encyclopédies. Surtout les encyclopédies, qui sont à l'écriture ce que le cyclopède est au vélo.

Enfin, jusqu'à un certain point...

Lettres nouvelles

L'horoscope trouvé dans un gâteau chinois : « Vos rêves les plus chers vont enfin se réaliser » se vérifia lorsque j'entrai dans l'imprimerie. Mon grand-père paternel l'avait fait avant moi. L'encre, le papier, le massicot, les presses... je reprenais le flambeau dans un petit atelier militant en plein cœur du Quartier latin. Nous avions pour fonds de commerce les thèses, les tracts, les manifestes, les pamphlets contre l'État policier, l'Église, la bourgeoisie, les trusts : « Il est maintenant évident qu'en régime capitaliste, l'expansion économique ne constitue pas la base du progrès social ; au contraire, elle le compromet. »

Mon patron – imaginez Robert Mitchum – avait plus d'une fois, pendant la guerre d'Algérie, fabriqué des faux papiers pour des porteurs de valises ou des militants du FLN.

Il se proposa de me confectionner les diplômes que j'avais évité de passer :

– Tu sais, je n'ai pas perdu la main.

Je refusai.

Avoir été plusieurs fois licencié comblait mes ambitions universitaires. Quant à mon père, il servait toujours la même plaisanterie sur les études de son fils :

– Il a fait Centrale... à Clairvaux.

Je travaillais au brochage d'une thèse, « Révolution prolétarienne et conscience de classe dans le secteur textile au XIXe siècle », lorsque mon patron vint m'avertir qu'une femme me demandait. Il précisa, plein d'admiration :

– Une belle.

Je grimpai dans son estime.

– Une belle comment ?

– Une belle comme ça ! dit-il, dessinant dans l'air des formes à l'ampleur prometteuse.

C'était Anne-Marie.

Elle était venue me dire bonjour avec ses deux enfants. Un petit garçon et une petite fille endimanchés, très polis et très sages :

– Mon mari est dans l'Est, en tournée d'inspection, expliqua-t-elle, avec un pâle sourire.

– Les petits ne vont pas à l'école ?

– Ils ont congé. Et ma mère ne pouvait pas les garder.

– Pas de chance.

– Oui. Surtout que j'ai une course à faire.

– Ça ne pouvait pas attendre ?

– Non. C'est trop urgent, dit-elle en me fixant droit dans les yeux.

– Si tu veux, tu peux les laisser là.

– Ça m'arrangerait.

Son sourire s'épanouit :

– Tu pourrais venir avec moi ?

– Si ça peut t'aider.

– Toute seule, je n'y arriverai pas...

– C'est bien ce qui me semblait.

J'installai les enfants dans un coin de l'atelier avec du papier et des crayons. Ils pourraient dessiner là, sagement et poliment, sous la surveillance de mon patron, le temps que, avec leur maman, je fasse un saut à l'hôtel à côté...

Nous fîmes un saut, même deux, peut-être trois, mais si le cul y était, le cœur n'y était plus.

En se rhabillant, Anne-Marie me donna des nouvelles du bureau : Ghislaine allait se marier avec Michel, le caissier, de quinze ans son aîné, Mme Papin était enceinte (de moi ?), Léon avait été viré, M. Pitard aurait surpris Nénette avec l'ours cavernicole des archives dans une position délicate, depuis, il lui faisait une cour effrénée...

– T'as bien fait de partir...

– Tu devrais en faire autant.

– Je ne sais rien faire.

– Tu sais faire l'amour comme personne.

– T'es gentil, dit-elle, au bord des larmes.

Nous ne nous sommes jamais revus, avec Anne-Marie, mais j'ai souvent repensé à ce qu'elle m'avait chuchoté à l'oreille en reprenant ses enfants :

– Tu écriras ?

Sa langue, sans doute, avait fourché. Elle voulait dire : « Tu *m*'écriras ? » mais elle avait dit « Tu écriras ? » comme une question, voire une prophétie. Alors je l'ai prise au mot, pour la prendre une dernière fois.

Tous les matins, en allant au labeur, je passais devant le siège de la revue *Les Lettres nouvelles*. Joli titre qui excitait mon goût pour la correspondance et les journaux. La rédaction recevait le mardi. Plein d'audace, je me décidai à leur proposer mes poèmes.

Mon patron m'avait conseillé :

– Petit, mets un veston, une chemise propre et une cravate. La poésie n'est pas une affaire de traîne-savates...

Il admirait Musset, Lamartine, José Maria de Hérédia.

Je fis ce qu'il m'avait dit.

Et le mardi suivant mes camarades d'atelier me félicitèrent pour mon costard, ma cravetouze et mes pompes cirées façon miroir. J'avais l'air d'aller à un mariage ou à un enterrement. J'étais paré, comme aurait dit le boucher en parlant d'un rosbif.

– Tu as tout ? vérifia mon patron, juste avant mon départ.

– Oui.

– Tu as fait une copie ?

– Oui.

– Elle est rangée ici ?

– Oui.

– Tu n'oublieras pas de les remercier de te recevoir ?

– Non.

– Tu ne les engueuleras pas si ça ne leur plaît pas ?

– Non.

Nous aurions pu continuer longtemps à enfiler les non et les oui, j'allais finir par être en retard :

– Excusez-moi, mais faut que j'y aille.

– Il est quelle heure ?

– Moins le quart.

– Nom d'une pipe !

Mon patron me souhaita bonne chance, me répéta merde trois fois et me poussa dehors.

Je crois qu'il les avait plus que moi en pinces coupantes.

Aux *Lettres nouvelles*, une dame me reçut très courtoisement. La bouche moqueuse, l'œil allumé, elle m'écouta lui expliquer :

– La poésie ci... La poésie ça... Pound, Cummings, William Carlos William, etc.

J'étouffais sous le déguisement.

– Vous avez quelque chose à me laisser ? me demanda-t-elle quand je lui laissai placer un mot.

Je lui tendis ce que j'avais apporté dans une chemise cartonnée.

– C'est quoi ?

– Un poème.

– Ah...

Elle avait l'air déçu.

– Vous ne publiez plus de poèmes ?

– Si.

– J'espère que vous publierez celui-là.

– Qu'est-ce que vous faites, dans la vie ?

– Ouvrier imprimeur.

– C'est un bon début.

Je repartis porteur de l'avis : *« Les manuscrits ne sont pas retournés. Passé un délai de trois mois les auteurs sans nouvelles de leurs manuscrits peuvent les reprendre au bureau de la revue où ils restent à leur disposition pendant un an. »*

Je restai un mois sans nouvelles.

Un samedi matin, le concierge glissa sous ma porte une lettre signée Geneviève Serreau. Elle m'informait que *finalement* la revue publierait mon texte le mois suivant. Ce *finalement* trahissait que les pour et les contre s'étaient tenus par la barbichette et que *finalement* les contre avaient lâché, me dispensant d'aller reprendre mon manuscrit comme une chemise ou un drap oubliés à la laverie. J'étais heureux. C'était bien qu'il y ait eu comme une lutte finale pour mon poème. Cela m'aurait déplu qu'il passe comme une lettre à la poste.

La poésie se mérite et ne doit pas être donnée.

D'ailleurs, *Les Lettres nouvelles* me payaient pour ce que j'allais publier. Pas beaucoup, mais suffisamment quand même pour convier Geneviève Serreau à déjeuner. Je voulais tout dépenser d'un coup, ne rien garder. Cette fois-ci, j'oubliai la cravate, le veston et le col amidonné.

Nous devînmes amis en toute liberté...

Geneviève Serreau m'a appris à écrire. Sans elle, je n'aurais jamais dépassé le B.A.-BA. Geneviève avait un côté Giacometti. Il s'agissait d'enlever tout ce qu'il y avait de trop. Il fallait éradiquer l'ornement, la fanfreluche, les perles de rhétorique et le sucre glacé des mots d'auteur. Écrire, c'était toucher l'os, le nerf, s'écorcher. Elle concassait, pressurait, passait chacun de mes poèmes au feu de sa lecture avec une impitoyable ténacité. Elle avait aussi un côté protestant. Pas question de confesser sa peine à qui que ce soit et d'attendre l'absolution. L'écriture ne pardonne pas. Il faut cracher le morceau, se déboutonner et ne rien espérer.

Faire lire un texte par Geneviève, c'était comme passer sous le métro.

Mais en plus douloureux.

Un après-midi, chez elle, j'ai trouvé Samuel Beckett assis sur le canapé.

Je n'ai pas osé lui demander ce qu'il attendait là.

Blanquette

Mai 68 me surprit les mains dans l'encre.

Bientôt, la grève fut générale. L'imprimerie suivit le mouvement. Nous avions, nous aussi, des revendications à présenter : augmentation de salaires, réduction du temps de travail, remise en cause de la hiérarchie, congés, crèche sur le lieu de travail pour les mères de famille... Réclamations de base, classiques réclamations de *la* base. Avec, je dois le souligner, une difficulté supplémentaire : les patrons avec qui nous devions négocier étaient des patrons de gauche.

Comme je portais des lunettes, je fus désigné pour prendre la tête de la délégation. La Révolution était en marche quand, devant le Sénat, un policier en tenue m'interpella :

– Ah ! Si je m'attendais à ça !

Et il me tomba dans les bras. Il m'embrassa, me serra contre lui, me traîna jusqu'à son chef comme un prévenu :

– C'est lui !

C'était moi : son copain d'enfance, son voisin de quartier, son capitaine de l'équipe de hand, son chef de bande, son Robin des Bois !

J'étais scié :

– T'es devenu flic ?

– Faut bien manger.

Et, rose d'émotion :

– Faudra que tu viennes à la maison ! Ma femme te fera de la blanquette. T'aimes la blanquette ?

– Je suis un peu pressé...

– Montre-moi tes papiers.

– Tu déconnes ?

Il se tourna en riant vers son supérieur :

– Vous voyez, chef, je ne vous avais pas menti : c'est un marrant !

Et, me tapant dans le dos :

– Je veux juste noter ton adresse, banane ! Je vais te donner la mienne...

Il tira de sa vareuse le stylo bille quatre couleurs qu'il avait eu pour sa communion :

– Alors je peux compter sur toi pour la blanquette ? dit-il en me tendant une contravention annulée en guise d'invitation.

Ce doit être vrai, je dois être un marrant. En partant transformer le monde j'étais Blanqui, en arrivant à la direction j'étais « Blanquette ».

La délégation échoua.

Les patrons, même de gauche, ne pouvaient prendre au sérieux des ouvriers qui se tenaient les côtes et s'étouffaient de rire dès que leur délégué proposait quelque chose...

Les murs prirent la parole : « L'infini n'a pas d'accent », « Ne changeons pas d'employeurs, changeons l'emploi de la vie », « Jouissez ici et maintenant »,

« La bourgeoisie n'a pas d'autre plaisir que celui de les dégrader tous », « Marxiste tendance Groucho », « Plus je fais l'amour, plus j'ai envie de faire la Révolution, plus je fais la Révolution, plus je fais l'amour »...

J'apportai ma contribution personnelle en écrivant, un soir, sur un coin du Panthéon : « Ne mangez plus de viande, mangez le boucher ! »

Je n'aimais pas les maos. Je m'étais renseigné, ce n'était pas un problème de traduction : ce que je découvrais dans *Le Petit Livre rouge* était bien aussi con qu'il y paraissait. Les défilés en uniformes, l'embrigadement, l'établissement, le culte de la personnalité, non merci.

Je n'aimais pas les trotskistes non plus. J'avais lu *La Révolution permanente* et ça m'avait plu, mais leur goût du secret me faisait vraiment marrer. Un trotskar que je connaissais m'avait copieusement engueulé parce que je l'avais appelé par son nom, le vrai ; pas son pseudo de militant.

– Je t'interdis de m'appeler comme ça !

– Mais comment tu veux que je t'appelle ?

– Poteau ! T'as compris ? Poteau !

– Poteau ? Et pourquoi pas Ducon ?

– Tu veux que je t'apprenne la politesse ?

– C'est ça, fais-moi coller au poteau !

– Anarcho-syndicaliste de merde !

– Social-traître !

Au moins, nous étions d'accord sur le vocabulaire.

Je ne m'entendais pas non plus avec les étudiants des grandes écoles. Un pavé lancé sur les CRS par un étudiant n'avait pas, pour moi, le même poids qu'un pavé lancé par un ouvrier. Parce que les CRS, tout CRS qu'ils étaient, appartenaient à la classe ouvrière. Même si, dans la plupart des cas, ils étaient recrutés dans les campagnes...

J'avais la conscience de classe à fleur de pavé.

C'était bien joli et bien beau de tout casser, de tout brûler, mais, une fois la fête terminée, ces jeunes gens de la Sorbonne auraient la faculté de rentrer chez leurs parents, de reprendre l'étude de notaire, la pharmacie, le cabinet médical, la filature, l'usine, la chaîne de magasins, quand ils ne rejoindraient pas tout simplement un ministère...

C'était sans risque et sans danger.

Leurs jours de grève ne leur seraient jamais décomptés. Pendant les défilés, leur héritage continuait à travailler. Ces bourgeois, fils de bourgeois, petits-fils de bourgeois, bronzés au soleil de mai, ramasseraient la mise quoi qu'il arrive. Dès les vacances de juillet, ils manifesteraient leur attachement à Papamaman qui, en retour, joueraient sans mal la grande scène du fils prodigue.

Ils s'amusaient, nous nous battions...

En réalité, je ne m'entendais avec personne. Pas même avec moi.

Le parti communiste m'ouvrit les bras.

J'allais rejoindre mes camarades quand, patatras, je me suis pris les pieds dans le tapis rouge en lisant *L'Huma*. J'ai valdingué au milieu de mes certitudes et raté la porte d'entrée. Comme quoi, il est toujours risqué de lire. Surtout de découvrir dans son journal de classe le contraire de ce que n'importe qui pouvait voir dans la rue. Même avec un léger strabisme. Même myope comme je l'étais. À la fête qui courait de place en place, qui révolutionnait les cœurs et s'offrait tous les jours un grand soir au coin d'une rue, le Parti oppo-sait un slogan aux étudiants : pas de quartier !

De quoi en perdre son latin.

L'Huma se coupait de l'humanité.

Sous prétexte qu'ils n'étaient pas encartés, elle excommuniait la *nité*. C'est-à-dire les garçons et les filles de vingt ans pour qui le monde devait changer. Mais, sans *nité*, que serait la paternité, sinon le pater des curés ? la modernité sinon le moder des modérés ? l'éternité, sinon l'éther sans *h* des asphyxiés ? Sans *nité, L'Huma* n'était plus qu'un torchon de papier où, aux appels à l'insurrection, le Parti préférait les appels à la raison, à la modération, à la négociation. Les diri-geants communistes roupillaient sur leur glorieux passé et ron et ron et ron, endormaient la classe ouvrière pour les trois ronds des accords de Grenelle...

Sans *nité*, *L'Huma* n'était que l'organe officiel du Parti communiste français, conservé dans une baraque de foire où tout foirait...

Ça sentait le formol.

Je me suis tiré, hissant le drapeau noir de ma colère contre la trahison de mes rêves et de mes idées.

Le 20 août, les chars du Pacte de Varsovie sont entrés dans Prague et cinq ans plus tard, en 73, le prési-dent Allende se faisait tuer les armes à la main devant le palais de la Moneda. La CIA et son guignol Pinochet exécutaient le Chili.

Pourquoi cette mort, plus qu'une autre, me toucha ?

Je n'ai pas le culte des grands hommes, et le décès

des princes de ce monde me laisse, d'ordinaire, indifférent. Ils meurent comme nous mourrons. Ni plus ni moins. Avec Allende, quelque chose d'autre mourait. Ma dernière illusion ?

Poêle et cordons

Ma mère n'avait pas d'amies en France, que des collègues de l'école Berlitz et sa famille réduite à quelques unités. Nous n'étions pas nombreux à son enterrement. Une poignée, pas plus, à battre la semelle devant le four crématoire du Père-Lachaise. Il faisait froid, et pas le moindre espoir de se réchauffer. Une crémation, ça ne réchauffe pas.

Ça glace plutôt, ce feu-là...

Un employé des pompes funèbres nous fit entrer dans une pièce lugubre où nous devions attendre, assis en rond. Il me proposa de mettre de la musique :

– Non merci.

– Vous avez tort, c'est plus gai...

C'est vrai, les cimetières manquent furieusement de fantaisie. C'est déprimant, tous ces morts tirés au cordeau, alignés comme des soldats à la parade avec des chrysanthèmes en fourragère. Les trompettes célestes ne connaîtraient-elles que de la musique militaire ? D'ailleurs, religieuse ou laïque, classique ou jazz, rock ou bal musette, la musique sonne toujours faux dans les cimetières. Mais, quitte à en entendre, autant que ce soit une sonnerie de saint Hubert sonnant la curée plutôt qu'un curé chantant l'*Alléluia* !

L'employé des pompes funèbres s'excusa : il n'avait rien de ce genre-là...

Puis il nous abandonna à notre silence.

Je ne crois pas que j'assisterai à mon enterrement. Ça tue, ce genre de cérémonie. C'est trop triste. Tous ces yeux humides, ces nez rougis, ces figures de six pieds sous terre ; ces hommes, ces femmes qui s'étreignent dans un silence de mort... Très peu pour moi. D'ailleurs, le gris anthracite ne me sied pas. Ni le noir, ni le bleu marine. Le deuil est déprimant hiver comme été. Il n'y a pas de saison élégante pour mourir. Même l'automne, avec ses rousseurs excitantes, et le printemps bourgeonnant me donnent le bourdon. Et je ne parle pas du costume sans manches du héros du jour (ou de l'héroïne). Le sapin n'est pas moins raide à porter que le peuplier, le chêne ou l'acajou. Du reste, je n'aime pas les vêtements sans poches. Et je ne parle pas des ornements dorés qui, d'ordinaire, cherchent à donner un air de fête au prêt-à-porter menuisier. Ça fait parvenu. Lorsqu'on voit où parvient le parvenu, on peut se dire qu'il est arrivé et ne pas l'envier pour autant.

À tout prendre, s'il faut obligatoirement une tenue spéciale pour participer à l'événement, j'aimerais mieux enfiler ma tenue de cycliste : cuissard long, maillot rouge, chaussures, mitaines et même casque, au cas où la ligne d'arrivée se révélerait plus dure à franchir que prévu. Et tant que j'y suis, plus que tout autre symbole à la gomme, mon guidon de vélo planté au bon endroit me semble idéal pour signaler aux générations futures que je suis entré dans le néant comme un sprinter, comme un cycliste. Surtout pas comme un dormeur, moi qui n'ai jamais beaucoup dormi. Et encore moins comme un mort.

Parti comme je suis, je mourrai touché en vol, en flamant rose, en Artaud enfilant sa chaussette...

Je ne supporte pas non plus les hommages funèbres. Les belles paroles prononcées par les parents, les amis, les curés, les pasteurs, les rabbins jurant, contre l'évidence, que le mort n'est pas mort, qu'il nous voit, qu'il nous entend, les apostrophes aux cieux, les interpellations lyriques de l'au-delà, les souvenirs joués au trémolo ne sont pour moi que de la mise en boîte.

À mon enterrement, je suis convaincu qu'il y aura surtout des femmes, pour la simple raison que les femmes vivent plus vieilles que les hommes et chantent moins faux. Si cette hypothèse se vérifie, j'aimerais que les femmes de ma vie chantent en chœur et que le gai rossignol et le merle moqueur soient de la fête. Les chœurs de filles m'ont toujours troublé au plus profond, le cœur des filles aussi, surtout si leur pâleur naturelle se trouve exaltée par le noir de leurs habits, voire de leurs dessous.

Je refuse également que des fleurs servent de salade au banquet des vers de terre ou d'assaisonnement de grillade mortuaire. S'il faut à tout prix de la verdure, je souhaite que chacun m'accompagne à ma dernière demeure avec des poireaux et des endives, des chicons, comme on dit dans le Nord et en Belgique. J'ai toujours beaucoup aimé les poireaux et les chicons. L'un et l'autre également beaux et bons. Et, plutôt que de les jeter, je voudrais qu'après les formalités enterre-mentatives, les invités mangent une bonne soupe au poireau ou une salade d'endives à ma santé. Salade symbolique s'il en est avec de la betterave rouge (révolutionnaire) et des betteraves de rouge pour réchauffer les sans-culottes, avec des pommes (le délicieux fruit du péché originel) et des noix qui, comme chacun sait, lorsqu'elles ne poussent pas sur les arbres, désignent les parties charmantes des dames. Avec enfin du gruyère à trous, parfaitement de circonstance. Quitte à passer de vie à trépas, autant que ce soit en passant par un trou de gruyère, comme on fait passer un chameau par le chas d'une aiguille.

Pour tout dire, plutôt que d'être enterré, je préférerais être incinéré.

Oh, pas pour des raisons religieuses ou métaphysiques, ni même pour faire comme mes parents ! Non, pour une raison toute simple : une incinération dure exactement quatre-vingt-dix minutes, le temps d'un long-métrage de fiction. Une mise en terre, comme une pièce à la Comédie-Française, on sait quand ça commence, on ne sait jamais quand ça finit. Au théâtre, cette incertitude m'angoisse et je me sauve avant la fin. Le mercredi de mon enterrement, jour de sortie des films en exclusivité, une telle échappée serait, je le sens bien, du plus mauvais effet. Aussi l'incinération me paraît préférable. D'autant qu'il y a du « ciné » dans in-*ciné*-ration et que le cinéma compte beaucoup pour moi. Évidemment, il serait assez élégant d'allumer le bûcher avec du film flamme, mais je crains que les pompes funèbres n'aient pas ce genre de combustible en rayon. Enfin, peut-être qu'en s'y prenant à l'avance, avec le concours de la cinémathèque ?

Après la cérémonie, inutile d'organiser un débat comme au ciné-club. Autant aller directement au bistrot sans espérer que le mort réponde aux questions du public. « Quand on est vivant, on sait qu'on n'est pas mort ; quand on est mort, on ne le sait pas », disait Sartre ou Épicure. Pour ma part, personne ne sait, personne ne saura jamais ce qui se brisait en moi. Surtout ce qui ne se brisait pas. Ma colère, ma mélancolie parées d'habits farceurs seront mes seuls linges au tombeau toujours vide. Sur mon lit de mort, je parie que je referai les gestes que j'ai faits le plus grand nombre de fois dans ma vie. Je regarderai ma montre une dernière fois pour vérifier la ponctualité des croque-morts et que je remonterai mes lunettes sur mon nez. Et puis je relirai mon faire-part de décès avant de donner le bon à tirer.

Avec les romans, c'est ce qu'on fait.

D'une voix basse, mais ferme, l'employé des pompes funèbres revint m'avertir que c'était fini, pour ne pas dire que c'était cuit. Il nous pria de le suivre sans délai au columbarium :

– Vous recevrez la facture dans la semaine...

Nous descendîmes jusqu'à une sorte de bibliothèque de morts. J'eus la vision fugitive d'un amateur de littérature qui garderait dans ses rayonnages, non pas les livres, mais les cendres des auteurs qu'il admirait, soigneusement alignés les uns à côté des autres, rangés et étiquetés, classés par ordre alphabétique...

Quand le croque-mort déposa le petit vase noir à côté de celui qui contenait les cendres de mon père, ma fille Lorraine s'étonna :

– Une si grande personne dans une si petite boîte...

Ma mère ne croyait ni à Dieu ni au diable. Dans le néant où elle se trouve, je souhaite qu'il y ait, faute de Paradis ou d'Enfer, un jardin extraordinaire où même les canards parlent anglais selon la méthode Berlitz. Sur terre, il n'y eut pas un seul endroit où elle fut plus heureuse que cette école-là.

Au ciel, il n'y a pas de raison pour qu'il en soit autrement.

Savoir-vivre

Il était presque midi.

Je quittai le columbarium, pensant que le traducteur d'Odon von Horvath, Heinz Schwartzinger, se rendit un jour au cimetière de Saint-Ouen recueillir les cendres de son poète. Il rentra chez lui, déposa l'urne, un petit cercueil, au pied de l'escalier, et monta se coucher. Il devait, le lendemain, se rendre à Vienne pour déposer les précieux restes en terre autrichienne.

À quoi rêva-t-il, cette nuit-là ?

Nous avons marché jusqu'à l'ancien bazar de l'avenue Gambetta, transformé en pizzeria à l'enseigne de Cinecitta. Sur les menus, le slogan : *cinema, cinema è la grande novita...*

Les pizzas m'évoquent, allez savoir pourquoi, les premiers martyrs chrétiens. Quand Dioclétien s'avisait de faire fouetter, bastonner les bienheureux, de les plonger dans l'huile bouillante, de les coincer entre deux plaques d'acier chauffées à blanc, parions qu'ils devaient ressembler à de la pâte brisée, de l'olive concassée, de la tomate écrasée où des lardons ruissellent au milieu de fromage gluant. Bien que personne n'ait jamais entendu de pizza (fût-elle napolitaine) chanter les louanges du Seigneur.

Pater a raconté qu'à l'enterrement de sa grand-mère, vidant une bouteille, son père avait imprudemment déclaré :

– Encore une de morte !

Vantrou a rappelé que ses deux frères, revenant d'une ultime visite à leur père, avaient avoué :

– Le dimanche, l'hôpital, c'est mortel...

Il y avait de quoi se tenir les côtes.

Histoire de rigoler, mon paternel prophétisait volontiers qu'il mourrait d'un manque de savoir-vivre.

Et c'est ce qui est arrivé.

Quand l'hôpital avait baissé les bras devant sa maladie, il avait été transféré dans une ancienne institution religieuse gérée par l'Assistance publique. Je l'avais accompagné dans sa traversée de Paris, du XXe au XVe arrondissement. La chambre, vaste et calme, était bien placée, au rez-de-chaussée, le personnel – des bonnes sœurs en civil ? – prévenant, aimable. S'il n'y avait eu un crucifix qui pendait au-dessus de son lit, tout aurait été pour le mieux dans le meilleur des mouroirs possibles. Dès que nous avons été seuls, j'ai décroché le bout de bois et le buis. J'ai jeté le tout au fond de l'armoire et j'ai fermé à clef. Pas question de laisser mon père mourir sous le trait carré.

Leur dieu cadavre, ils pouvaient se le garder.

Quelques jours après son installation, j'ai porté mon père de son lit au lavabo. Il était devenu si maigre, si faible. Je pouvais sentir son squelette sous le tissu du pyjama. Je l'ai porté dans mes bras comme un enfant, comme sans doute il m'avait porté bien des fois. Mon père savait qu'il allait y passer, je le savais aussi, inutile d'en parler. Je l'ai rasé en silence et je suis parti sur un clin d'œil :

– À plus !

Il m'a fait au revoir d'un geste, comme s'il devait tout effacer.

Le soir, le téléphone sonna :

– Je voudrais parler au fils de M. Mordillat.

– C'est moi...

– Eh bien, il est mort, me dit une fille d'une voix énergique.

Le choc me laissa muet.

La fille de corvée s'empressa d'ajouter :

– Ce n'est pas la peine de venir maintenant. Demain matin, ce sera bien suffisant...

– Oui, merci.

Je raccrochai.

Pourquoi avais-je dit « merci » à l'employée chargée de m'annoncer la mort de mon père ? Je passai une nuit blanche, assis dans la cuisine, à chercher la réponse dans le noir du ciel.

En vain.

Tôt le matin, je courus au 222 prévenir ma mère du décès de mon père. Je grimpai les six étages et j'entrai sans frapper.

J'avais les clefs.

Elle se lavait, nue dans la cuisine. Je ne sais plus ce que j'ai dit, ni comment je l'ai dit. Depuis ma naissance, je n'avais jamais vu ma mère dans cette tenue. Cette nudité était aveuglante. J'étais né pour annoncer à ma mère la mort de son mari...

Le temps s'arrêta net.

Parfois, lorsque je souris, je sens que mon père sourit en moi, je sens ses lèvres, le froncement de son nez, le plissement de ses yeux dans mon propre corps. Je pense : il est là. C'est lui qui marche, pas moi. Je sens ses enjambées, son allure chaloupée, ses gestes durs. Il est là comme dans un habit à sa mesure ; à l'aise, naturel.

Mon père vit en moi une mort légère.

Scrap book

Aujourd'hui que ma mère est morte, je remonte une fois encore dans l'appartement de mes parents, que je continue d'appeler « chez moi ». J'y vais seul pour digérer la pizza. Je ne grimpe pas jusqu'au sixième, je m'arrête trois étages plus bas, dans l'ancien appartement de la fille des concierges, repeint, réaménagé à l'identique pour ma mère après la mort de mon père.

Moins d'escalier à monter, et pourtant, la tête qui tourne.

Je reconnais le buffet Henri-II, la desserte Empire, les quatre chaises sans style, le tableau de la laitière assise sur son âne, le fauteuil en skaï rouge et noir offert à mon père, pour sa retraite... mais tout me paraît déplacé comme ces décors de musées où vivent, de seconde main, des personnages en cire.

Ce n'est pas là que j'ai passé mon enfance.

Sur la desserte, il y a un ange monté en lampe. Une figure de fer noir soutenant un globe comme Atlas portant le monde. Ma mère l'avait reçu pour solde de tout compte dans la famille où elle travaillait à Chicago, Illinois... Son employeur venait d'être retrouvé sur un trottoir, criblé de balles.

Sa femme, aux cent coups, pliait bagage sans demander son reste :

– Je n'ai rien pour vous payer, prenez ce que vous voulez !

J'imagine que ma mère avait pris ce qui lui était tombé sous la main et qu'elle avait filé, elle aussi, sans se retourner. Cet ange ne l'avait jamais quittée, même dans les moments les plus durs, quand elle devait gratter dans les tiroirs pour trouver de quoi joindre les deux bouts. Il veillait sur elle de son air furieux, comme je sens qu'il veille sur moi.

Cet ange, c'est mon ange...

Au milieu de quelques lettres administratives, j'aperçois soudain la carte postale que j'avais envoyée à ma mère de Vancouver. Trois phrases en anglais au dos d'un paysage semblable à celui qui décorait sa chambre d'hôpital.

Le courrier n'a pas suivi...

Ça me scie.

Je dois m'asseoir.

Tenir cette carte, c'était comme tenir le corps inerte de ma mère entre mes doigts. C'est la voir mourir une seconde fois. J'étais incapable de détacher mon regard de ce *love & kisses* qui ne lui était jamais parvenu. La dernière chose qu'elle aurait pu lire. La dernière chose qu'elle aurait dû lire...

Ces mots perdus étaient trop lourds pour moi... La carte m'a échappé des mains.

Elle a glissé sous la table, sur le Gerflex en damier noir et blanc. Je n'ai pas fait un geste pour la ramasser. Je la fixai comme hébété, tandis qu'un ciel d'orage obscurcissait la pièce. Près d'une heure s'est écoulée avant que je retrouve la force de me lever. Dehors, il pleuvait dru. Moi qui adorais fouiner partout, je n'avais plus le courage de toucher quoi que ce soit, d'ouvrir les tiroirs, d'explorer les armoires... Il a pourtant bien fallu le faire, il y avait de l'électricité dans l'air, le tonnerre s'en donnait à cœur joie.

Le dos d'un carnet en toile rouge sombre, en premier, attira mon regard. Le carnet syndical de mon grand-père, adhérent à la « MUSICIAN ASSOCIATION, Buffalo N.Y. Local 43, A.F. of M. », dont, en 1929, John Powell était président. Page 16 était imprimé le nom de trois hommes de la famille : Camille, Charles et Rudolph Coumont, tous domiciliés Genesee St. 390 – Jefferson. Camille était inscrit sous la rubrique « Cornet and trumpet », plus loin on trouvait Charles dans la catégorie « Violins » et Rudolph au rayon « Cello ». Après le nom et l'adresse de tous les musiciens et de leur spécialité, d'Ernst D'Amico (Accordion) à Joseph A. Ball (Zither), un cahier central énumérait la liste exhaustive des tarifs applicables selon les lieux et les circonstances : de 60 dollars par semaine pour huit représentations dans les « Legitimate Theatres, playing first-class attractions, dramatic, music-hall, etc. » au 5 dollars pour trois heures au service d'une église en passant par les automobile shows, bazaars, bicycles race, boxing contest, canrivals, exhibitions, espositions, fairs, food shows, horse shows kirmiss, riding schools...

Le carnet faisait aussi office d'agenda. L'année 29-30 fut visiblement aussi dure pour les musiciens que pour les spéculateurs. De janvier à septembre, mon grand-père n'avait noté aucun engagement, et il ne travailla jusqu'à la fin de l'année que de manière irrégulière, sauf en décembre où il joua tous les jours, y compris le soir de Noël. Peut-être joua-t-il beaucoup aux enterrements de ceux que la crise faisait sauter par les fenêtres ?

Dans la partie répertoire, je découvris que ma mère était logée chez Mr. & Mrs. Schroder, chez qui elle devait travailler, « 315 Central Park West », avant de déménager chez de nouveaux employeurs, « Weaver Street, New Rochelle ». Elle allait ainsi, de patrons en patrons, surveiller les rejetons de la haute société. Le cousin Agareffe était, lui, domicilié au 215 West 23rd St., mon oncle Armand vivait à Baltimore, Léopold à Buffalo, Rudolphe dans Niagara Street et tant d'autres qui ne sont plus aujourd'hui que ces adresses écrites au crayon sur les pages jaunies de ce petit livre plus précieux à mes yeux que *La Recherche du temps perdu* ou les *Mémoires* de Saint-Simon...

Dans le même tiroir se trouvait le cahier qu'elle avait tenu tandis qu'elle traversait l'Atlantique à bord du *S.S. Camplain*, un paquebot de luxe où elle avait embarqué comme bonne d'enfants d'une famille de riches industriels, les Parson...

Ma mère n'écrivait pas, elle découpait et collectionnait les poèmes qu'elle trouvait dans les magazines. Pourtant, lorsque je lis le premier qu'elle a collé dans son scrap book, j'ai l'impression qu'il pourrait être de sa main :

I go my way
As free and gay
As any babbling stream
And down the mile

I hum and smile
I have a secret dream

Je sais sans l'avoir appris ce dont ma mère rêvait à vingt ans. Une zone obscure de ma mémoire porte en elle ses mots et ses espoirs. Des rêves qui ne m'appartiennent pas et qui sont miens pourtant.

Ma mère fréquentait le beau linge, les maisons chics, les gens huppés. Peut-être se sentait-elle flattée d'être traitée d'égal à égal par des familles si fortunées ? Mais je crois qu'elle ne s'est jamais trompée sur la place réelle qui lui était accordée. Elle était une nurse, un peu mieux qu'une domestique, un peu moins qu'une secrétaire. Ses rêves n'étaient pas des rêves de gloire, d'argent, de vie en première classe, mais des rêves plus ordinaires. Des rêves d'amour, de « home sweet home », de beauté en réclame, de poupons aquarellés, de chiens, de chats, de vedettes de cinéma dont elle détourait les photos : Clark Gable (papa), Maurice Chevalier (l'oncle Maurice), Rudolph Valentino (?)...

J'ai dans mon bureau une photo de ma mère à vingt ans : allure de garçonne, raie sur le côté, yeux grands ouverts et cet air farouche face au photographe où je me reconnais trait pour trait. Elle non plus ne savait pas sourire. Ma mère n'avait pas fait d'études, mais elle était avide de savoir. Toute sa vie, elle a recopié des listes de mots en anglais avec leurs définitions, pareil pour les règles de grammaire et leurs théories d'exceptions. Aucune photo ne me la rappelle autant que ses cahiers, ses répertoires, ses lexiques patiemment constitués...

De même, l'étui à cigarettes de mon père, son porte-mine, sa gomme, son canif, son morlingue, sa collection d'élastiques, ses mots croisés de *L'Huma* me disent plus sûrement que ses portraits. Et plus encore que ses objets, ses lettres me le rendent tout entier. Mon père aimait écrire, les mots ne lui faisaient jamais défaut, c'était le Proust du prolétaire : *« Cher Gérard, un petit mot pour te dire qu'ici c'est la relaxe complète même pour les poissons ils nous font la gueule car nous ne sommes pas du pays enfin j'ai appris le crawl à plusieurs asticots il faut une patience d'ange pour faire un truc pareil, car ils n'ont pas de bras ni jambes au début je leur avais mis un petit bout de bouchon autour du corps pour pas qu'ils se noyent... »*

Ma mère avait depuis longtemps renoncé à corriger l'orthographe et la ponctuation de mon père. À ses longues lettres d'une seule phrase, elle préférait ajouter, en anglais, la conclusion qui s'imposait : *« We haven't any news from you since we left Paris. Hope to see you soon. Solong. Lot of love & kisses. »*...

Dans ses derniers temps, ma mère craignait de ne plus pouvoir écrire à cause de la cataracte. Elle s'entraînait à la calligraphie. J'ai retrouvé une vieille enveloppe en papier kraft sur laquelle elle avait recopié, comme on fait des lignes : *angoisse, angoisse, angoisse...*

Tout le reste remonte tandis qu'à mon tour je le recopie.

Ma mère n'était ni de la ville ni de la campagne. Elle était d'ailleurs. C'était une personne déplacée, une apatride, comme si l'errance foraine de son enfance n'avait jamais cessé. Elle vivait en transit, attendant la prochaine étape de sa vie sans défaire ses bagages ni poser le pied à terre. Elle n'avait jamais pu accepter que le voyage s'arrête à la mort de sa mère. Cela me frappe, maintenant, quand j'y repense. Son urgence était celle du voyageur qui craint de rater son train, son bateau, son avion. Tous les jours de sa vie, elle avait espéré repartir vers une Amérique de rêve, un Nouveau Monde qui n'avait jamais existé. La captivité de mon père, l'évacuation de mon frère pendant la guerre, la misère, les privations, les frayeurs irraisonnées l'avaient marquée de traces douloureuses qui ne faisaient qu'attiser son sentiment d'être étrangère. Pourtant, elle n'avait pas osé quitter la France. Elle était restée à quai, chantant ses espoirs et ses peurs en dodelinant de la tête :

The sun shines bright on my old Kentucky home
This summer the darkies are gay
The cornfield's high, and the meadow's in the bloom
And the birds make music all the day
Weep no more my lady
No weep no more today
For the sun shines bright on my old Kentucky home
My old Kentucky home for away...

Ma mère n'a jamais voyagé seule.

Enfant, elle voyageait en groupe, avec sa famille de musiciens de cirque ; et adulte, toujours avec mon père. Je ne l'ai jamais entendue émettre le désir d'aller quelque part sans autre compagnie que la sienne. Je crois – mais le souvenir est confus – que l'unique voyage qu'elle fit vraiment sans personne fut, pendant la guerre, pour aller voir mon frère enfin retrouvé dans l'Allier après l'évacuation des enfants de Paris. C'était un voyage de cauchemar qu'elle racontait : l'avancée allemande, le froid, la pluie, une forêt menaçante, la crainte de se perdre, de se faire agresser, l'angoisse de ne pas reconnaître son fils, d'être victime d'une erreur d'identité...

Mais je crois surtout que c'était un voyage horrible parce qu'elle voyagea seule, ce qui à la fois lui déplaisait et l'effrayait.

Dans le milieu où elle avait grandi, dans celui où elle vivait, les femmes (et plus encore les jeunes filles) sortaient toujours accompagnées. Une femme livrée à elle-même dans une rue ou sur une route était plus ou moins soupçonnée d'être une femme de mauvaise vie ; en tout cas, une femme aux mœurs légères. Ma mère avait un côté très puritain, très raide sur la morale, sur l'attitude convenable à adopter en société. D'autant plus puritaine que la libre pensée animait la famille et qu'il ne fallait pas donner l'occasion aux cléricaux d'être prise en faute.

Quand mon père fut fait prisonnier, ma grand-mère paternelle la choqua profondément en lui conseillant de prendre un amant :

– Faut pas se laisser aller. On ne sait pas combien de temps ça peut durer, cette affaire-là...

Il n'y avait que sa vie que ma mère avait traversée seule. Plus seule que le plus solitaire des loups de mer.

J'avais en main son ticket d'embarquement dans le

malheur, l'acte de décès de ma grand-mère. Un formulaire jaune à en-tête de Newark, New Jersey : Marie Antoinette Joséphine Coumont, épouse de Camille Narcisse Coumont, morte le 3 août 1921 à l'âge de cinquante-quatre ans, dix mois et treize jours d'une attaque au cerveau...

Ma mère n'en parlait jamais, comme si elle n'avait pas connu sa mère. Comme si sa mort prématurée avait tout emporté, tout effacé, jusqu'aux traits de son visage, dont aucune photo ne témoignait. Il n'y avait que son absence et la souffrance qu'elle provoquait. Ma mère étouffait sa détresse depuis son enfance. Elle rusait avec elle-même, s'étourdissant de gestes inutiles, de paroles sans conséquences. Mais la morte était là, présidant le banquet avec ceux qui, année après année, l'avaient rejointe dans la boîte à souvenirs. Serviette autour du cou, couteau et fourchette à la main, les morts réclamaient bruyamment sa vie en dédommagement des leurs.

Les vivants devinrent ses ennemis.

Je n'avais pas plus de dix ans quand je compris qu'elle perdait les pédales. Elle déraillait. Les fantômes qui la hantaient l'avaient fait entrer dans leur ronde. Gigue, polka, danse de Saint-Guy... J'appris à repousser l'essaim de ses paroles égarées, à contrer ses gestes, à la regarder comme une chair à vif qui ne se laissait ni approcher ni consoler.

– Ta mère est complètement siphonnée, lâchait parfois mon père, qui ne savait plus quoi faire pour la calmer.

Un matin, elle fut transportée à la clinique d'Ivry, où Antonin Artaud passa les dix-huit derniers mois de sa vie. Je n'y suis allé qu'une seule fois pendant sa cure de sommeil. Je n'ai jamais oublié le carrelage caca d'oie de sa chambre, l'odeur prégnante de l'enfermement, son silence agressif...

Puis, un soir, elle est revenue, et tout a recommencé comme avant, les tours de guet, les cris, les déchirements, *angoisse, angoisse, angoisse...*

Avant de refermer la porte du 222 pour ne plus jamais y revenir, je pense au voyage en Belgique que nous faisions avec mes parents, chaque année, en hiver. Je ne sais pas pourquoi nous attendions toujours qu'il fasse terriblement froid pour aller rendre visite au seul oncle de ma mère, un vieillard affectueux qui tenait une charcuterie près de Liège.

L'oncle ne chauffait rien, ni le magasin ni les chambres, que la cuisine où, sur un gros poêle, mijotait en permanence un plat mystérieux, « la fricassée », qu'il nous servait à chaque repas. Une nuit où je dormais tout habillé dans le même lit que ma mère, mon père nous rejoignit pour ne pas mourir gelé sur le canapé. C'est la seule fois où nous avons été tous les trois ensemble dans le même lit.

J'aime beaucoup la Belgique, avec son air de kermesse permanente, ses Gaulois qui ont fait plier César, l'âme farceuse de ses habitants, leur chagrin...

Souvent, je me sens belge.

Composition réalisée par NORD COMPO

Imprimé en France sur Presse Offset par

BRODARD & TAUPIN

GROUPE CPI

La Flèche (Sarthe).
N° d'imprimeur : 29709 – Dépôt légal Éditeur : 59848-05/2005
Édition 02
LIBRAIRIE GÉNÉRALE FRANÇAISE – 31, rue de Fleurus – 75278 Paris cedex 06.
ISBN : 2 - 253 - 11162 - 7

31/0068/2